Franziska Gänsler · Wie Inseln im Licht

FRANZISKA GÄNSLER

WIE INSELN IM LICHT

ROMAN

KEIN&ABER

Ebenfalls von Franziska Gänsler:
Ewig Sommer

Alle Rechte vorbehalten
Copyright © 2024 by Kein & Aber AG Zürich – Berlin
Coverbild: John James Audubon
Coverdesign: Maurice Ettlin
Satz: Leingärtner, Nabburg
Druck und Bindung: GGP Media GmbH, Pößneck
ISBN 978-3-0369-5034-1
Auch als eBook erhältlich

www.keinundaber.ch

Für meine Mutter

1

Als ich auftauche, hat das Wetter umgeschlagen. Das Wasser, das kurz zuvor noch glatt in seinem türkis gekachelten Becken gelegen hat, wird jetzt von einem kühlen Wind bewegt, genau wie die Palmenblätter, die dabei ein schnelles, schabendes Geräusch erzeugen.

In meinem nassen Badeanzug, die Schwimmbrille in der Hand, trete ich an das Geländer, das die Dachterrasse des Hotels umschließt. Vor zwanzig Jahren hat die Mutter diesen Ort mit mir verlassen, aber das Meer ist noch dasselbe, der Himmel, die Luft.

Vier Tage sind seit ihrem Tod vergangen, und seitdem ist meine Zeitrechnung eine andere. Meine Erinnerung an die letzten Tage ist nicht linear, da sind nur Szenen, die aufscheinen, wie Lichter auf einer bewegten Oberfläche. Plötzlich und ohne dass sie mir verbunden erscheinen. Die Fahrt mit dem Nachtzug von Berlin nach Bordeaux, dunkle Bahnhöfe, dunkle Orte, die an meinem Fenster vorbeiziehen, mein Körper, bewegt von diesem Zusammengriff aus Schienen und Rädern unter mir. Mein Handy im Dunkel, das mit Nachrichten von Ari aufleuchtet, das plötzliche Aufwachen, weil ein Zugteil an- oder abgekoppelt wird, der Halbschlafnebel, das Unverständnis darüber, wo ich bin, und vor allem: das schreckhafte Denken an die Mutter, die Augenblicke, in denen es mir scheint, als wäre sie noch am Leben, kurz dieser Stromstoß in meinem Körper, wann hat sie zuletzt getrunken, dann das Erinnern. Die Mutter braucht mich nicht mehr, und mir fehlt jede Vorstellung davon, was mit ihr passiert ist, seitdem der Bestatter sie abgeholt hat.

Ich stelle sie mir vor. Die Mutter, in irgendeinem anonymen Dunkel, der Saum ihres Kleids, die Fingernägel, bemehlt mit einer dünnen Schicht aus Eiskristallen. Der kleine Zweig, der auf ihrem Nachttischchen gestanden hat, ein letzter Gruß aus unserem gemeinsamen Leben, in ihren Händen auf der Brust, die Blüten und Blätter steif gefroren.

Sie ist nicht mehr da, und ich stehe oben auf dem Hotel und blicke auf das Meer. Es gibt ein Foto von Oda und mir an diesem Strand, die nackten Füße umspült von weißem Schaum. Das Licht, blass und violett über dem Atlantik, diesem endlosen Wasser zwischen den Kontinenten.

Wenn ich an Oda denke, dann liegt der Schmerz der Mutter wie ein Filter zwischen mir und meiner Erinnerung. Ihr Blick, der leer wurde und davonglitt, von dem ich wusste, auf welche Stunden er sich richtete: auf den Campingplatz, auf den kleinen warmen Körper meiner Schwester in unserer Mitte.

Wir sprachen nicht von ihr. Aber ich hörte meine Mutter oft nachts, wenn ich im anderen Zimmer lag. Hörte sie murmeln, hörte ihre offenen Fragen, hörte sie durch die dünne Wand.

Zwei Männer ziehen unten am Strand die grüne Flagge ein, das Signal für gefahrenfreies Baden, und hissen an ihrer Stelle ein großes rotes Stoffdreieck, das oben um den Mast schlägt. Das Fahrzeug der Strandwache hinterlässt im Auf- und Abfahren tiefe Furchen an der Wasserkante. Auf der Ladefläche steht ein Rettungsschwimmer. Er trägt eines dieser langen Frotteecapes, wie sie in Surfshops verkauft werden, das lange Haar offen, wellig, von der Sonne gebleicht.

Ein moderner Christus, denke ich, der mit seinem Megafon versucht, die kleine Gruppe zu lotsen, die noch auf ihren Surfbrettern im Meer treibt. Zwischen Englisch und Französisch wechselnd, ruft er ihnen über das Wasser zu, dass sie zurück an Land kommen sollen. Die Stimmung am Strand ist in kürzester Zeit gekippt. Eine Gefahr scheint plötzlich in der Luft zu liegen, eine Hast. Am Horizont verbindet sich das Wasser dunkel mit dem Himmel.

Die Trägheit dieses Sommertags, die ich zuvor durch mein Fenster beobachtet habe, morgens die Kinder auf dem Schulweg, ihre langen Schatten in der kühlen Morgensonne, dann die Alten, die ihre Einkaufstrolleys in den Ort zum Markt und später zurückziehen, dann wieder die Kinder. Am Strand die Menschen, die wie Eidechsen in der Sonne liegen, still und warm. All das ist etwas anderem gewichen, während ich meine Bahnen gezogen habe. Eine völlig falsche Vorstellung meiner Umwelt hat mich während des Schwimmens begleitet. Die ganze Zeit über glaubte ich den nachmittäglichen Strandalltag intakt, in seinen Details aus Obst in Tupperdosen, warmen Wasserflaschen und sandigen Kinderkörpern. Wie konnte ich verpassen, dass die Lichtreflexe am Grund des Beckens verschwunden sind, wie ist mir die veränderte Temperatur nicht aufgefallen, die Schatten, jedes Mal wenn ich das Gesicht gehoben habe, um Luft zu holen?

Ich habe ihn später als alle anderen wahrgenommen, diesen Umschwung, und daraus wächst das Gefühl, dass ich nicht wirklich Teil dieses Orts bin. Ich bin allein, hier an der Brüstung und zuvor am Fenster. Ich bin fremd. Ich komme aus einem Leben, von dem niemand an diesem Ort weiß.

Die Dachwohnung in Berlin, das Sterben der Mutter. Drei Jahre waren es, in denen alles andere nach und nach diesen Dingen gewichen ist. Ich denke an Tracey Emin. Die Stunden, die ich anfangs noch am Schreibtisch mit meiner Masterarbeit über sie und ihre Kunst verbracht habe, während nebenan die Mutter schlief oder fernsah. Der Stapel an Büchern und Bildbänden neben dem Bett.

Strangeland.

Detail of Love.

Tracey Emin: 2007–2017.

Wann habe ich aufgehört, Ausstellungen zu besuchen? Wann habe ich aufgehört zu schreiben, wann habe ich aufgehört zu lesen?

Ich denke an Tracey Emins nackten, gekrümmten Rücken auf dem Steg von Åsgårdstrand in einer Videoarbeit, die ich einmal in der Albertina in Wien gesehen habe. Das Licht, das um sie herum auf dem Meer liegt und mit den Wellen zuckt, und dann, plötzlich, ihr Schrei, der nicht mehr abzubrechen scheint.

Eigentlich kann man Tracey Emins Arbeit nur dann verstehen, wenn man von ihrer Faszination für Edvard Munch weiß, ihr biografisches Leid parallel zu seinem sieht. Ich habe gelesen, dass Tracey Emin einmal gesagt hat, sie wäre gern eine Mutter für Munch gewesen, weil er seine bereits mit fünf verloren hat und kurz darauf auch noch seine ältere Schwester, die vielleicht so etwas wie eine zweite Mutter war.

Tracey Emin und meine Mutter sind am selben Tag geboren, am dritten Juli, aber Tracey Emin lebt noch, ich folge ihr auf Instagram. Ich sehe sie dort, fast jeden Tag. Tracey, die malt, Tracey, die im Meer schwimmt, Tracy, die mit ihrer Krebserkrankung kämpft, Tracey, die so viel verloren hat.

Über Jahrzehnte hat Munch wieder und wieder denselben stummen Schrei gemalt und gedruckt, wieder und wieder, den Kopf, den aufgerissenen Mund, umschlossen von Meer und Himmel, die in brennenden Spulen liegen. Eine Panikattacke ging diesem Motiv voraus, und Tracey Emin hat dort, auf demselben Steg, auf dem diese Angst vor der Welt über ihn hereinbrach, ihre Arbeit gefilmt. Ihr Körper umgeben von weiß glänzendem Wasser, ihr Schrei über der Nordsee. Dieser Schrei ist eine Hand, die sich nach ihm ausstreckt, nach Munch, und versucht, ihn zu greifen, durch Raum und Zeit, ihn und alle, die etwas verloren haben.

Ich nehme das Handtuch, das ein Windstoß von der Liege auf den Boden geschoben hat, wickle mich darin ein und gehe zum Fahrstuhl. In der Glasfassade des Nachbarhotels spiegeln sich die schwarzen Wolken, und ich sehe darin eine weiße Figur. Eine Frau, auf einem Balkon in einem weißen Hemd und einem großen weißen Sonnenhut. Sie sieht zu mir herunter, und ich hebe grüßend die Hand.

2

Als ich geduscht aus dem Badezimmer komme, ist von draußen Tumult zu hören, mehrere Stimmen rufen durcheinander. Von meinem Zimmerfenster aus kann ich über die Düne blicken, und ich sehe, wie das Auto der Strandwache davonfährt, während eine kleine Gruppe Surfer ratlos zurückbleibt. Ihre Bretter liegen über den Strand verteilt, der Rettungsschwimmer mit dem Megafon steht etwas abseits von ihnen. Neben ihm ist der nasse Sand in Löcher und Fußabdrücke gebrochen, als hätte dort ein Handgemenge stattgefunden. Sein weißes Cape ist jetzt schmutzig und nass, und er hat eine Hand erhoben, wiederholt wieder und wieder »tout est okay« in das Megafon. »Tout est okay.«

Ich muss an ein Gedicht von Sophie Robinson denken, »Edward Scissorhands«:
dadbod jesus bloated on a beach
dadbod jesus watching over me,
und ich wünschte, es gäbe eine Form der Spiritualität in meinem Leben, eine Vorstellung von der Mutter im Paradies, was immer das für sie wäre.

Ich wünschte, jemand würde sie dort begrüßen, in einem Nest aus perfekten weißen Wolken und Licht. Ich wünschte, jemand würde ihrer Vorsicht, ihrer Zurückhaltung mit Wärme begegnen und ihr sagen, jetzt ist es vorbei, tout est okay. Ab jetzt ist alles leicht für dich.

Alles wäre immer einfacher gewesen, wenn wir an etwas geglaubt hätten. An eine Schicksalsschreibung, irgendetwas, das aus unserem Leben mehr gemacht hätte. Aber es gab nichts dergleichen in uns. Kein Gottvertrauen und keine Rituale außer den Abläufen des Fernsehprogramms. Ich wünschte, ich hätte eine Praxis für ihren Tod, ich wünschte, es gäbe andere hier, die sie vermissen, die mit mir sitzen, mit mir essen, sich mit mir erinnern. Aber ich bin allein, wie Edward, der alles zerschnitt, was er liebte. *Ein Loch in der Brust, wie eine durchschlagene Wand. Monsterscham.*

Kein dadbod jesus, der mich zudeckt, der meine Scherenhände hält. Nur ein Vater, den ich kaum kenne. Es gibt niemanden außer mir, der die Mutter geliebt hat.

Die Wasseroberfläche ist jetzt leer, alle Surfer sind den Rufen an Land gefolgt. Die Wellen bilden tiefe Gräben, der Regen zieht wie eine Wand auf das Land zu. Was immer da unten am Strand passiert ist, es ist der zweite Umbruch in kurzer Zeit, den ich verpasst habe.

Ich beobachte, wie die Surfer das nasse Neopren von ihren Körpern pellen, und entdecke dabei eine Gruppe von drei Menschen, die weit vorn im nassen Sand kauert, in einer völlig anderen Welt. Eine Frau mit ihren zwei Kindern. Während der Strand sich leert, graben sie Löcher, die von schnellen Flutwogen überspült und aufgefüllt werden. Sie graben, graben, graben, und wenn das Wasser kommt, springen sie zurück. Ich höre die Kinder lachen, sie rennen ins schwarze Wasser und wieder hinaus. Sie sehen silbern darin aus, klein und glänzend im Licht.

Ich schließe das Fenster und rufe den Vater an, warte auf sein Gesicht in meinem Screen. Das ist die Verbindlichkeit, die er mir gibt: Er ist immer erreichbar. Ich habe kaum eine Vorstellung von seinem Leben, kenne seine Frau nur zweidimensional, hinter ihm auftauchend, um mich zu grüßen, dann wieder in den Tiefen der gemeinsamen Wohnung verschwindend, in Räumen, die mir fremd sind, nichts als fragmentierte Wände, eine fragmentierte Küchenzeile, Regale mit Büchern, die seinen Kopf umgeben.

»Zoey!«, sagt er. »Es passt gerade schlecht.«

Ich frage ihn, ob er schon weiß, wann er hier ankommen wird.

»Das ist alles schwierig«, sagt er und hält mich dabei so, dass ich sein Gesicht von unten sehe, seine schwarzen Nasenlöcher, die Oberlippe, den

Hemdkragen. Mein Vater ist immer glatt rasiert, und er trägt weiße Hemden, die akkurat gebügelt sind. Ich habe auch dazu kein Detailwissen, keine Ahnung, wie er sich rasiert, ob elektrisch oder nass, ob er selbst bügelt, ob er alles in die Reinigung gibt, ob seine Frau ihm diese Arbeit abnimmt. Auch er besteht für mich nur aus Fragmenten, aus Einzelfakten, aus dem, was er über sich selbst sagt, was ich ergoogelt habe. Anwalt. Verheiratet. Lebt in Budapest. Ich weiß nicht, ob ihm sein Aussehen, die glatte Haut, das kurze weiße Haar, das Hemd, ob ihm das wichtig ist oder anerzogen. Ich erinnere mich nur daran, wie er einmal, als wir uns in Berlin getroffen haben, seinen rechten Fuß auf den Rand eines Blumentrogs gestellt hat, um mit einem Stofftaschentuch einen Fleck vom glatten Leder zu putzen.

Ich will ihm sagen, dass ich die Asche der Mutter nicht allein verstreuen kann. Aber ich kenne ihn gut genug, mein Wunsch nach seinem Beistand hat für ihn etwas Maßloses, ist das Einfordern einer Bringschuld, zu der er in keiner Weise verpflichtet ist.

Ich stelle mir uns am Strand vor, die Abdrücke seiner Schuhe, eine klar umrissene Spur, die unseren Weg zur Wasserkante markiert. Sein Blick auf die silberne Armbanduhr, später dann das Reinigen des Leders mit dem Taschentuch, feuchter brauner Sand auf weißem Stoff, und ich weiß nicht mehr, aus welcher Fantasie heraus ich ihn je hierhergebeten habe, als wäre der Abschied von der Mutter ein Sofia-Coppola-Film, pastellfarbene Szenen, in denen ein Vater und eine Tochter sich nach Jahren in Südfrankreich wieder treffen, eine stille Zuneigung, mein Gesicht im Close-up, seine Hand auf meiner Schulter, gestreichelt von meinen Haarsträhnen. Die Asche, die aus unseren Händen steigt wie ein Schwarm hellgrauer Falter, die sich weich mit dem Wind dreht und schließlich zu Himmel wird.

Die Realität ist, dass mein Vater kein Interesse an einer solchen Begegnung mit mir hat und diesen kompletten Plan, die Einäscherung der Mutter in Frankreich, das Verstreuen ihrer Asche hier, an diesem Ort, an dem sie seit zwanzig Jahren nicht mehr war, dass er all das unsinnig und übertrieben findet. Die Mutter und ich, wir waren ein bizarres Duo für ihn, und wie es mir scheint, hat er Angst davor, ich könnte jetzt über Gebühr Anschluss an sein Leben suchen.

Um ihn von dieser Vorstellung zu befreien, nehme ich einen geschäftigen Tonfall an, den ich von ihm gelernt habe: »Ari kümmert sich um den internationalen Leichenpass, damit der Körper hierhergebracht werden kann. Er wird dann irgendwo in der Nähe kremiert, und dann kann ich die Asche abholen.«

Ich bin mir ziemlich sicher, dass mein Vater sich

nicht erinnert, wer Ari ist, dabei war sie meine erste Freundin, dabei hatte ich ihm damals Bilder geschickt, aus dem einen kurzen Urlaub, den wir als Paar gemacht hatten. Ari und ich am Lido, hinter uns das Meer und in meiner Hand eine Banane. Es ist ihm egal, wer sie für mich ist, aber er sagt, es freue ihn sehr, dass jemand sich dieser Sache angenommen hat, und ich vermute, mit »dieser Sache« meint er nicht allein den Leichenpass, den Transport und die Einäscherung, sondern auch mich.

Er sieht mich jetzt nicht mehr an. Während wir sprechen, bewegt er sich, er legt mich ab, ich sehe ihn nicht mehr, ich sehe seine weiße Zimmerdecke, seine Designerlampe.

Ich höre ihn Englisch sprechen und warte, ich höre seine Frau antworten. Dann wird der Screen schwarz. Eine Weile lasse ich mein Handy noch so neben mir auf dem Hotelbett liegen. Der schwarze Screen, die Taschengeräusche, das Taschendunkel meines Vaters, der offenbar irgendwohin aufgebrochen ist.

Ich war Teil eines bizarren Duos, jetzt bin ich eine bizarre Einzelheit. Allein, in diesem Zimmer am Atlantik, im bläulichen Licht, während draußen der Regen auf den Sand fällt. Ich warte auf den Transport der Mutter, und in mir liegen die Gedanken an sie wie ein Pool, in den ich eintauche, sobald es keine Ablenkung gibt.

Die Mutter in ihrem Bett, ihr Körper unter der Decke, weil sie fror, obwohl es so heiß in der Wohnung war, dass das Linoleum des Bodens sich unter meinen Fußsohlen warm und nachgiebig anfühlte.

Die Mutter, die in ihrer Verwirrung plötzlich an diesen Ort zurückgekehrt war, an das Meer, den Strand, den Bauwagen, obwohl unser Leben hier so viele Jahre zurücklag. Oda, die dadurch plötzlich eine Präsenz in unserer Wohnung war, obwohl wir all das immer totgeschwiegen hatten. Aus ihrem Bett heraus fragte mich die Mutter, ob noch Gas in der Flasche war, ob das Dach noch immer die undichte Stelle hatte, sagte mir, dass ich daran denken musste, einen Eimer drunterzustellen, falls in der Nacht ein Gewitter käme, und ob Oda schlief. Oda, für immer Kind, und die Mutter, selbst wie eines.

In mir krampft es sich zusammen, wenn ich daran denke, wie wütend mich diese Fragen gemacht haben, wie ich sie nicht in Ruhe lassen konnte mit dieser Rückkehr, wie ich ihr diesen Frieden nicht gönnen konnte. »Jetzt hör endlich auf damit, es nervt.« Die Zurückweisung in meiner Stimme liegt mir noch immer im Mund, kalt und bitter. Meine Härte und ihr ratloser Blick, beides werde ich nicht mehr los. Edward Scissorhands.

Natürlich wollte sie hierher zurück, in die Zeit, an den Ort, an dem unser Leben noch in Ordnung gewesen war. Ein einsames französisches Bullerbü.

Wir drei am Strand, sie, die Oda und mich mit einem Handtuch jagte. Und wir, nass und lachend, in verschiedene Richtungen Haken schlagend, sodass sie sich entscheiden musste, links oder rechts, Oda oder ich.

Ich weiß nicht mehr, wann mir die Idee kam, sie hier einäschern zu lassen und zu verstreuen, ich weiß nicht mehr, wie die Recherche dazu verlief, das Buchen meines Tickets, das Finden eines geeigneten Bestattungsunternehmens. Ich vermute, dass Ari mir die logistischen Schritte abgenommen hat. Hat sie telefoniert, hat sie gegoogelt, als der Körper der Mutter noch im Bett in der warmen Wohnung lag und ich die ganze Zeit herumgeräumt habe, die leeren Plastikflaschen in den gelben Container im Innenhof gebracht, die Salben, die Unterlagen, die Schuhe der Mutter aussortiert, die Fliegen mit einer roten Klatsche verjagt habe. Ari, die mich gut genug kannte, um mich all das machen zu lassen.

Ich, die die Mutter nicht in Ruhe lassen konnte, als ihr Leben endete, die sie immer wieder erinnern musste, streng und unnachgiebig: Die Zeit auf dem Campingplatz ist lang vorbei, dein Leben besteht seit zwanzig Jahren aus diesen zwei Räumen und mir, dem Fernseher und der Kreuzung unter dem Fenster. Ich ließ nicht zu, dass sie sich diesem trostvollen Delirium übergab, ich bedrängte sie mit Widerspruch und Nährlösung, ich ließ sie nicht in Ruhe, bis sie starb. Der Vater mag denken, dass der Plan, ihre Asche hier zu verstreuen, ein weiterer Unsinn ist, er mag darüber lachen, trocken und freudlos, aber die Geschichte der Mutter begann immer mit Oda und mir auf dem Campingplatz. Nie hat sie irgendwelche Gräber besucht, von den Eltern oder von anderen Verwandten. Nie sprach sie von ihrem Leben, bevor es uns gab. Wo sonst sollte ich sie bestatten.

Ich liege in meinem Zimmer und warte, dass es draußen dunkel wird. Ich schalte mich durch die wenigen Sender, scrolle durch mein Handy, lausche dem Regen. Ich habe noch Mineralwasser, Cracker und Käse, Cornflakes, Baguette und Trauben, aber um halb sieben ziehe ich mich an und fahre nach unten. Vielleicht ist es, weil ich geschwommen bin, weil ich das Zimmer sowieso schon einmal verlassen habe an diesem Tag. Vielleicht ist es wegen der Unruhe am Strand, meine Neugier, die gegen meine Lethargie gewinnt.

Im Speisesaal setze ich mich an die offene Terrassentür. Es gießt jetzt auf die Straße, auf den Strand. Marlène, die Mitarbeiterin, die mich nach meiner Ankunft vom Bahnhof abgeholt und ins Hotel gebracht hat, kommt zu meinem Tisch.

Ich bin froh, dass sie nicht kommentiert, dass wir uns seit dieser kurzen Autofahrt nicht gesehen haben, froh, dass sie nicht nachfragt, wo ich seitdem gesteckt habe. Sie lächelt mich an, und ich frage auf Englisch, ob sie eine Empfehlung hat. Sie rät mir zu fruits de mer, insbesondere zu einem Gericht aus kleinen gebratenen Tintenfischstückchen mit Knoblauch und Weißbrot.

Als sie mit einer Karaffe Wasser zurückkommt, frage ich, ob sie weiß, was am Strand passiert ist, und sie sagt, dass es eine Möwenattacke auf einen der Surfer gab. Sie beschreibt mir das plötzliche Auftauchen des Vogels aus den Wolken mit einer Lust am Spektakel, dass ich das Gefühl bekomme, der Ort ist ihr vielleicht sonst zu langweilig. Sie hebt die Hände, die sie zuvor hinter ihrem Rücken verschränkt gehalten hat, und zeichnet lachend eine rapide Senkbewegung in die Luft. Sie hat alles mitbekommen, sie war selbst im Wasser. »Er hat die Füße gehoben«, sagt sie. »So, kampflustig irgendwie. Und dann, boom, hat er mit dem Schnabel zugestoßen.« Mit den Fingern formt sie eine spitze Schnabelform und hackt damit in die Luft.

Dann muss sie weiter, bevor ich mehr dazu erfahren kann, weil andere Gäste den Speisesaal betreten. Sie entschuldigt sich, lacht dabei aber noch immer über das Unglück am Strand. Ich mag dieses Lachen, die unordentlichen Strähnen ihrer langen Haare, die Art, wie sie sich schnell zwischen den Tischen bewegt und allen hier auf die gleiche unverstellte Art begegnet. Ihre Nutzung von »er«, obwohl im Französischen das Wort für Möwe, *mouette*, wie im Deutschen weiblich dekliniert wird. Für einen Moment hatte ich das »kampflustig« dadurch auf den Surfer bezogen.

Als Marlène mir kurz darauf das Essen bringt, haben sich auch die anderen Tische gefüllt, und wir können das Gespräch nicht fortsetzen, aber als ich später an der Bar vorbeigehe, steht sie dort allein.

»Hat er dir geschmeckt, der Tintenfisch?«

Ich nicke. Das nachgiebige weiße Fleisch, schwimmend in öligen Gewürzen und Knoblauch, etwas daran kam mir extrem dekadent vor, und gleichzeitig schien es kein kompliziertes Essen zu sein, sondern vielleicht etwas, das andere regelmäßig bestellen oder kochen.

»Sehr.« Ich lächle sie an, sage ihr nicht, dass ich mich während des Essens zu erinnern versuchte, wann ich zuletzt etwas Warmes, frisch Gekochtes hatte, und es mir nicht einfiel. Ich sage ihr auch nicht, dass ich noch nie zuvor etwas aus dem Meer gegessen hatte außer Lachs.

»Ist der Surfer okay?«, frage ich stattdessen. »Der mit der Möwe?«

Sie lacht wieder. »Ach, sicher. Dem gehts gut. Ist nur ein Kratzer.« Sie fährt sich über den Kopf dabei und hebt den Daumen in die Luft, als wären wir gemeinsam auf hoher See, darauf angewiesen, sich über Handzeichen zu verständigen. Ich frage mich, ob das eine Gewohnheit ist, die viele Surfer haben, oder ob es daran liegt, dass wir in einer Sprache kommunizieren, die für keine von uns die Muttersprache ist. Dann stützt sie sich auf die Unterarme und beugt sich mir entgegen, als wollte sie mir ein Geheimnis erzählen. »Die werden feindselig, den Menschen gegenüber.«

»Die Möwen?« Ich will mehr darüber wissen, aber sie wiegt nur vage den Kopf, und ich bin unsicher, ob das Ganze vielleicht ein Scherz ist.

Sie hebt die Schultern, sagt, dass Bewegungen eine Sprache sind und dass man durch sie mehr über die Umwelt verstehen kann als durch das, was mit Worten gesagt wird. »Ich bin Tänzerin. Vielleicht ist das deswegen so für mich.«

Sie grinst mich an, und ich frage mich, was ich ihr schon kommuniziert habe, ohne es zu wissen.

1. Ich warte auf die Asche der Mutter.
2. Ich warte nicht auf die Ankunft des Vaters.
3. Ich habe noch nie zuvor Tintenfisch gegessen.

Als sie nach meinem Beruf fragt, sage ich, dass ich Kunstgeschichte studiere, dass ich an meiner Masterarbeit schreibe. Beides stimmt, aber beides ist nicht aktuell, beides ist in den letzten drei Jahren von der Pflege der Mutter an den Rand gedrängt worden.

»Sie ist gerade erst gestorben.«

Etwas erfasst mich, als ich das ausspreche. Eine

Haltlosigkeit. Marlène steht mir still gegenüber, streckt mir kurz die Hand entgegen, berührt meine Schulter.

»Das tut mir leid.« Sie sagt, dass ihr Vater vor zwei Jahren gestorben ist. »Kennst du diese Theorie von den Trauerphasen? Für mich waren das keine Phasen, eher Wellen, waves of grief. Sie kommen immer wieder, aber mit der Zeit wird der Abstand größer, man hat mehr Zeit zum Durchatmen. Es ist wie beim Surfen, oder beim Tanzen. Man wird besser darin.«

Als ich kurz darauf oben in meinem Bett liege, hat es aufgehört zu regnen. Ich googele »Trauerphasen« und schreibe sie mir heraus, blaue Schrift auf weißem Papier. Darunter eine Liste mit allem, das mir den Tod der Mutter erträglicher macht. Eine Abfolge von Schritten, langsam, langsam hinaus aus der Enge, die mich zusammenpresst, wenn ich an ihr leeres Bett denke. An die Rillen ihrer Fingernägel. An ihre Stimme, durch die dünne Wand.

duschen
joggen
schwimmen
essen

Kleine Lücken sind das, und ich kann mir kaum vorstellen, dass diese Abstände größer werden.

Auf einer Website steht: »Grief is love with nowhere to go.« Und das fühlt sich wahr an.

Durch das offene Fenster ist das Meer zu hören, und ich denke darüber nach, wo in diesen Wellen aus Leugnung, Wut, Depression, Verhandeln und Akzeptanz ich treibe, aber das Einzige, was ich greifen kann, ist die Erinnerung an das Gefühl, aus dem Pool aufzutauchen und alles verändert vorzufinden. Alles, was ich gleißend und klar geglaubt hatte, plötzlich im Schatten.

Ich bin die Schwester eines Geistes.

Ich bin die Tochter eines Geistes und eines zweidimensionalen Screen-Manns.

Ich übersetze meine Gedanken, als hätten sie noch immer ein Gegenüber, als läge Marlène neben mir in der Dunkelheit.

Ich frage mich, welche Bewegungen sie für Menschen wählen würde, die verschwunden sind.

3

Vieles kommt zurück zu mir, als ich am frühen Morgen das Hotel zum ersten Mal seit meiner Ankunft verlasse und über die Düne zum Strand gehe. Ich laufe langsam Richtung Norden, langsam dorthin, wo sich damals unser Leben abgespielt hat, zum Campingplatz. Die Luft, das Wasser. Wie Schnüre rollen sich die Erinnerungen in mir auf.

Oda und ich, die Hände im nassen Sand. Die Mutter, die auf der Düne steht, die Augen beschattend, ihr Körper im Badeanzug vor dem blauen Himmel.

Die Wärme in unserem Bauwagen, das kleine Fenster, das immer beschlug. Oda im Bett, kalte Handtücher, die die Mutter um ihre Waden schlang. Die nasse, schwere Bettdecke, die offene Türe, die Sterne über dem Meer.

Oda und ich, hinter dem Wagen, wo es schattig war. Die schuppigen Stämme, die in den Himmel ragten, die erst oben langsam vom Wind bewegt wurden. Unten, da wo wir spielten, standen sie ganz still. Nur die Schatten auf dem Sand zeigten ihre Bewegung.

Nachts, die Lichter im Wald, eine dünne Kette leuchtender Punkte im Dunkel. Niemand wusste, woher sie kamen, aber über Wochen erschienen sie jeden Abend. Goldene Lichter und Gesang, dort, aus dem tiefen Dunkel. Damit habe ich sie gelockt. Ob sie nicht die Feen sehen will? Kleine durchsichtige Körperchen, die zwischen den Stämmen leuchten, knapp über dem Waldboden.

Die Mutter, Oda und ich. Wir waren ein Körper mit drei Köpfen, und der Wagen war unsere Höhle. Unser Herz war ein Herz. Nachdem Oda, ihr kleines Lachen, von uns getrennt worden war, hörten die Mutter und ich nie auf zu bluten. So hat mein Vater mich kennengelernt. Taumelnd kamen die Mutter und ich in Berlin an, in konstantem Schmerz. Die Mutter, deren Kopf müde auf der Brust lag, und ich, die den schweren Körper allein zu steuern versuchte.

Wir waren drei, und jetzt bin ich allein übrig geblieben. Geist, Geist, Mensch.

Ich gehe den Strand entlang, den vertrauten Wind im Gesicht, diese spezielle feuchte Kälte, die er mit sich bringt, von der Mitte des Atlantiks, einem Ort, der in meiner Vorstellung für immer aus Eisbergen, einem gesunkenen Schiff, Leonardo DiCaprio und Kate Winslet bestehen wird. Rose, auf der Holztüre liegend, und Jack, der hinabgleitet und verschwindet. Die Mutter, neben mir auf dem Sofa.

Ich gehe den Strand entlang, der sich endlos zieht an dieser Küste, und ich erkenne all das als Heimat wieder. Fest eingeknotet ist diese Landschaft, tief in mir. Und irgendwie sind wir alle drei vielleicht noch damit verbunden. Oda, die Mutter und ich, unsere drei Köpfe, einzelne Perlen an losen Fäden, herausgefallen aus der Stickerei, deren Zentrum wir einmal waren.

Ich denke, dass sich irgendjemand hier an uns erinnern muss.

Draußen auf dem Meer warten schon die Surfer auf Wellen, die in einer perfekten Linie parallel zum Horizont brechen. Ich frage mich, ob Marlène eine dieser Silhouetten ist, ob sie die Möwen beobachtet, ob sie Angst vor ihnen hat.

Die Sonne steigt langsam über die Düne, sie erfasst mich noch nicht, auch den Strand nicht, aber die Vögel leuchten pink und golden im farblosen Himmel, über den Wartenden und mir.

Der Campingplatz begrenzt den Ort im Norden, liegt tief in den Dünen. Grashalme stechen durch den Sand, bilden hier eine harte, blasse Wiese. Sie brechen leicht unter meinen Sohlen, werden selbst zu Sand. Nichts hier scheint sich verändert zu haben.

Derselbe Metallcontainer beherbergt noch immer die Rezeption, daneben noch immer die Automaten mit Tabs für die Waschmaschinen, Kondomen, Feuerzeugen, Getränken und so weiter. Ich werfe eine Münze ein, hole mir eine Cola, gehe langsam durch die Reihen nach hinten, die kalte Dose in der Hand wie früher. Die Zelte ducken sich flach in diese Mulde zwischen dem Meer und dem Wald. Klappstühle auf ausgebleichten Bastmatten, Wäscheleinen, Aschenbecher. Gelangweilte Alte sitzen in kleinen Flächen, die wie Vorgärten ausgestattet sind, vor Zelten, die eigentlich Häuser sind. Alles das war schon früher so, aber unsere Welt begann erst dort hinten, hinter den Waschhäusern, da, wo sich in der letzten Zeile die Bauwagen reihen. Als ich sie überblicken kann, bleibe ich stehen. Sechs Wagen sind es, wie damals. Der dritte von links war unserer. Er trägt noch dieselbe blaue Außenfarbe, von der Sonne und der salzigen Luft verblichen, teilweise abgeblättert, aber er scheint inzwischen unbewohnt. Vertrocknete Pflanzen drücken von innen ans Fenster, sie sehen nach Staub aus, als könnten sie jeden Moment zerfallen. Vor den Eingang hat der Wind alte Verpackungen, feuchte Zeitungen und Plastiktüten gepresst, Sand und Rost fressen an den unteren Rändern, machen die Fassade porös. Es ist nicht mehr der Ort, an den ich mich erinnere, den die Mutter für Oda und mich hergerichtet hat wie ein großes Puppenhaus. Warm war es innen, das Licht lag weich auf der Wand, auf den Senken und Höhen, die unsere Decke bildete, auf unserer Haut.

Ich weiß noch, wie es war, zu dritt dort einzuschlafen, während draußen der Wind vom Meer kam. Oda zwischen uns, die Mutter am Rand, wo der Wald begann, in meinem Rücken der Campingplatz, dann der Atlantik. Diese Wärme von drei Körpern. Dreimal Atem in der Luft. Draußen saßen die anderen zusammen, Hunde bellten, sobald sich jemand Fremdes näherte. Auch sie waren Fremde, aber sie waren eine Wand zwischen der restlichen Welt und uns.

Und wir waren der innerste Kern.

Ich setze mich auf eine Stufe in den Schatten, trinke, fahre mit den Fingern über das beschlagene Metall der Dose, mit den Füßen durch den kühlen Sand.

Es tut weh, allein hier zu sein, ich spüre es im ganzen Körper. Als stünde ich vor einer Membran in der Luft, hinter der das Früher liegt, dieses unerfüllte Potenzial, in dem alles hätte gut sein können. Ich kann es sehen, helle Tage, drei helle Leben, das warme Feld im Sand, auf dem wir lagen, aber ich kann nie dorthin zurück. Ich bin für immer auf der anderen Seite, in einer einsamen Gegenwart, in der ich erst meine Schwester verloren habe und dann die Mutter.

Lange war der Schmerz, den ich spürte, wenn ich

an Oda dachte, zuerst der der Mutter. Ihm galt meine Aufmerksamkeit, der Frage, ob sie ihn ertrug, der Frage, was ich tun konnte, ihn zu mildern. Aber hier, während ich hier sitze, ist der Schmerz mein eigener. Ein zwanzig Jahre alter Schorf, an dem ich schabe, weil ich will, dass sich schärft, was sonst verschwommen bleibt, tief in meinem Gedächtnis, und sich nicht allein hervorholen lässt. Ich brauche diesen Ort dafür, an dem wir damals gelebt haben, an dem alles zerbrach.

Ich weiß noch, dass wir die meiste Zeit für uns blieben. Ich erinnere mich an die Mutter, am Fenster des Wagens, daran, dass wir ihn, wenn möglich, erst dann verließen, wenn draußen niemand war. Die Mutter spähte hinaus. Sie mied die anderen, aber für Oda und mich waren wir eine Gemeinschaft.

Oda und ich, wir fühlten uns unsichtbar. Wir waren die, die alle beobachteten. Zwei kleine Geister in Badeanzügen, zwei kleine Geister in Pyjamas, zwei kleine Geister in den Kleidern der Mutter.

Hinter den Wagen beginnt der Wald. Wie überall in der Region wachsen hier fast ausschließlich Seekiefern. Nackte Stämme, die sich über dem Heideland zu dunklen Dächern schließen. Ich habe gelesen, dass diese Wälder menschengemacht sind, angelegt, um die frühere Moor- und Sumpflandschaft hinter den Dünen trockenzulegen. Er sieht harmlos aus, der Wald. Kahler, als ich mich erinnere, weniger dicht. Vielleicht haben ihn die Brände der vergangenen Jahre ausgedünnt, bestimmt habe ich ihn auch als Kind anders wahrgenommen. Er ist kein Freizeitwald, wie andere hier, durch die sich Rad- und Wanderwege ziehen. Dieser hier ist nicht idyllisch. Niemand geht hier spazieren, es gibt keine gepflasterten Wege, es ist eher die Art abgelegener Wald, in dem Leute Sex haben, Jugendliche sich treffen oder illegale Camper für eine Nacht ihren Bus abstellen.

Noch immer denke ich, dass Oda in diesem Wald verschwunden ist, obwohl ich zugleich überzeugt bin, dass wir damals zusammen in den Wagen zurückgekehrt sind.

Ich war sieben, Oda war fünf. Zwanzig Jahre ist das alles her, aber die Luft fühlt sich gleich an auf meiner Haut. Immer leicht klebrig. Ich erkenne die Geräusche wieder. Das Knacken der Stämme im Wind. Zapfen, die auf den weichen Grund schlagen. Immer, über allem, das Kommen und Gehen des Atlantiks hinter der Düne. Wasser, das auf Wasser stürzt, auf Land. Darüber die Möwen, die im weißen Himmel kreischen.

Diese Senke, zwischen dem Meer und dem Wald, noch immer habe ich das Gefühl, als wäre sie das Ende der Welt. Der Rand eines Kontinents, der aus nichts besteht als Wildnis und Sandboden.

Das ist der Ort, an dem mein Leben eine Kerbe trägt.

Ich bleibe vor den Waschhäusern sitzen, bis die Sonne senkrecht steht, bis sie langsam über den Platz hinweg zum Meer kippt. Es gibt keinen anderen Ort, an dem ich gebraucht werde, es gibt nichts, was ich tun muss. Ari hat die Organisation der Einäscherung in die Hand genommen, und das ist alles, was der Körper der Mutter noch braucht. Ich muss nicht mehr rechnen, wie viel sie getrunken hat, nicht mehr in ihre Haut kneifen, um zu sehen, wie langsam sie sich zurückzieht, wie elastisch sie noch ist. Ich muss die Kalorien nicht mehr zählen, ich muss nicht mehr die Stellen versorgen, die sie wundgelegen hat, muss nicht mehr lauschen, ob sie noch atmet. Es liegt eine Freiheit darin, die mich völlig aushöhlt. Es hat immer die Mutter gegeben in meinem Leben, immer war sie da, auf dem Sofa, am Fenster, im Bett. Es gab immer ihre Neugier auf mein Leben, immer in meinem Kopf diese Stimme, die, oft schon während mir etwas passierte, zurechtlegte, wie ich ihr davon erzählen würde. Sie wollte immer alles genau wissen, in allen Details. Sie lachte so gern über skurrile Begegnungen, die mir widerfuhren, legte dabei den Kopf in den Nacken, hatte die Augen geschlossen, und dieses Lachen war so lebensfroh, dass es mir wie eine Lüge vorkommt, wenn ich

34

jetzt daran denke. Sie war mitfühlend und zart, sie überraschte mich so oft, mit ihren Schlussfolgerungen, mit ihren Ratschlägen, mit ihrer Weitsicht.

Ich stehe auf, gehe um den Wagen herum. Der Zaun ist nicht mehr derselbe, aber auch dieser gibt sofort nach, als ich gegen ihn drücke.

In meinen Erinnerungen an die letzten Tage mit Oda waren wir allein. Ich erinnere mich aufzuwachen, und neben mir lag ihr kleines schlafendes Gesicht. Die Luft war feucht und das Fenster beschlagen im Morgenlicht.

Nachtblau sind diese Tage in meiner Erinnerung.

Zwei Kinder, klein und blass. Der Wagen, der unser Haus war. Oda und ich in den Kleidern der Mutter, Odas weiche kleine Hand in meiner.

Ihre Hand in meiner, und ich wusste natürlich, dass sie Angst hatte, dass sie im Wagen bleiben wollte, aber ich habe ihr gedroht, ich würde sonst allein gehen. Ich wollte unbedingt in den Wald, das weiß ich noch. Ich wollte unbedingt wissen, was dort passierte, woher die Lichter kamen und der Gesang.

Odas Fingerchen zwischen meinen, und ich spürte ihr Winden hinter mir. Vor uns lag dieser Wald wie eine schwarze Wand. Wir müssen allein gewesen sein, und niemand konnte mich aufhalten. Meine Scherenhände öffneten die Tür.

Der Pfad, der mir früher lang schien, in das tiefste Herz dieser Dunkelheit hinein, er endet bald. Dort, im dünnen Schatten der Kiefern, steht das Haus, zu dem es mich damals gezogen hat. Ich erkenne es jetzt als kleinen Bungalow, halb verfallen. Vermutlich war das irgendwann ein Ferienhaus, aber es scheint schon ewig sich selbst überlassen, nichts als ein Gemäuer, ein herabgestürztes Dach, Efeu, *Baise la Police* und Müll.

Hierher wollte ich so unbedingt, hier hatte ich gedacht, Geheimnisse zu finden, die die Mutter vor uns verbarg. Hier endete dieses warme Leben, das die Mutter für uns abgesteckt hatte, dessen Ränder ich immer abtasten musste, nicht in Ruhe lassen konnte. Etwas war da in mir, das mich vorandrängte, hinaus. Ich konnte nicht stillhalten, in dieser dreiköpfigen Zufriedenheit, die ich mir jetzt zurückwünsche. Ich musste scharren und schaben und schneiden und Oda mit mir in den Wald nehmen.

Hier hatten wir gestanden, von hier aus hatten wir die Fremden gesehen. Und Oda, hinter mir, krallte ihre harten, kalten Finger in meinen Arm. Ich bin in meinem Leben schon unendliche Male an diesen Punkt in meiner Erinnerung zurückgekehrt. Warum war ich nicht hier stehen geblieben, verborgen, im Dunkel? Warum war mir auch das nicht genug? Das, dieser Moment, das ist das Kreuz, der ewige Konjunktiv:

Was wäre passiert, hätte mein siebenjähriges Ich anders entschieden? Wäre dann alles anders gekommen?

Warum bleibst du nicht stehen, Zoey?
Warum gehst du voran?
Warum zwingst du Oda mit dir?

Ab diesem Moment stürzte alles in Dunkelheit.

Odas kalte Handfläche, nie werde ich sie vergessen.
Odas kleiner Körper hinter mir, ihre kleine Hand.
    Der Wald und das Haus.
    Irgendwo müssen Kerzen gewesen sein, denn wir warfen zitternde Schatten. Oda, die sich so gefürchtet haben muss, die sich zurückgewünscht haben muss, in den Bauwagen, in unsere heile Welt am anderen Ende des Waldes. Und ich, ich erinnere mich an diese Freude in mir, über ihren Schreck. An dieses Ziehen in meinem Bauch. Meine Gier nach meiner eigenen Angst.

Wo war die Mutter?
Warum hatte sie mir Oda überlassen?

Ich erinnere mich, dass es Oda nicht gut ging, dass ich versuchte, sie aufzuheitern. Sie lag im Bett, und ich erzählte ihr Geschichten, und dabei fegte ich die Stufen, wie die Mutter es tat. Ich prüfte die

Gasflasche, ich kochte das Wasser ab, ich zählte die Dosen mit den Ravioli.

Als es dunkel wurde, muss es ihr besser gegangen sein. Wir zogen die Kleider der Mutter aus der Kommode. Im Licht der Taschenlampe steckten wir die Fingerspitzen in die goldene Schatulle, die die Form des Eiffelturms hatte. Wir tupften sie in die kleinen glänzenden Felder. Lidschatten, Rouge, Puder. Diese Schatulle war das Eleganteste, das unsere Welt kannte. Wir sahen unsere Gesichter im kleinen Spiegel an der Wand. Oda, die irgendwann wieder müde war, so klein. Und mein Überreden, mein Drängen in den Wald. Komm, und sie ging mit mir. Weil ich die Ältere war, weil sie sonst allein hätte bleiben müssen, weil sie wusste, dass ich mich nicht aufhalten ließ. Komm schon, der Wald war eine Dornenhecke, die es zu durchschreiten galt. Ich hatte bereits die Tür geöffnet, und da war die Nacht. Ich hob den Zaun an, da war kein Widerstand, da war der Wald. Und so ging es weiter, weiter, ich immer voran, zu diesem Häuschen, diesem dunklen Schreckensort, und hinein.

Erst dort, als einer der Männer uns ansprach und seine Augen nach uns griffen, nach Oda, die dicht hinter mir stand, in diesem glänzenden blauen Kleid, mit den rosa Wangen und den dunklen Augenlidern, erst dort überkam mich die Angst.

In meiner Erinnerung kennt dieser Mann unsere

Namen. Er weiß, dass wir Oda und Zoey sind, er spricht Deutsch mit uns.

Aus diesen Fakten habe ich lange versucht, eine Beweisführung zu entwickeln.

1. Er kannte unsere Namen.
2. Er sprach unsere Sprache.

Beides ergibt keinen Sinn, beides zeigt auf: Nichts davon ist tatsächlich passiert. Ich habe geschlafen, ich habe geträumt. Ich habe nichts mit Odas Verschwinden zu tun.

Eine Zeit lang versuchte ich zu glauben, es hätte sie nie gegeben, meine kleine Schwester. Denn wie sonst konnte es sein, dass die Mutter nie von ihr sprach? Dass wir einfach weggezogen waren, von dem einzigen Ort, an dem Oda uns hätte finden können? Ich weiß nicht genau, wann ich aufgehört habe, mit dieser Verdrehungen. Als ich das Foto von Oda und mir in einem Buch fand. Vielleicht auch schon davor, weil ich älter wurde.

Jetzt im Wald, vor dem Haus, fühlt es sich an, als würde ich in die Erinnerung hineinsteigen wie in einen Raum. Alles ist noch da.

Der Zaun, der Weg, die Bäume, das Häuschen.

Als der Mann einen Schritt auf uns zuging, da wollte auch ich zurück in den Wagen.

Als ein anderer von draußen hereinkam, als ich bemerkte, wie die Männer sich ansahen, dass es eine Kommunikation zwischen ihnen gab, über unsere Köpfe hinweg. Da fühlte es sich wie eine Falle an, und ich begriff den Fehler, den ich gemacht hatte. Alles, was die Mutter uns von der Welt erzählt hatte, stimmte.

Ich erinnere mich nicht daran, wie Oda und ich flohen, wie wir durch den Wald rannten. Ich weiß nur, dass ich danach neben ihr auf der Matratze lag und sie festhielt, wie mein Herz schlug, wie warm alles war. Dass sie zitterte, dass sie noch immer das Kleid der Mutter trug, dass der Stoff unter der Bettdecke, in meiner Umarmung, knisterte.

Das ist die letzte Erinnerung, die ich an Oda habe.

So, wie ich meine kleine Schwester in den Wald zwang, so quälte ich später die Mutter mit der Nährlösung.

Das war dieselbe Kraft in mir.

Oda, die auf der Matratze sitzt und auf ihre Hände blickt, die nicht in den Wald will, und ich, die das weiß. Sie war winzig, in dem blauen Kleid.

Die weiße zittrige Spur der Nährlösung, die das Kinn der Mutter hinabläuft und den Hals hinunter, weil ich nicht aufhören kann, obwohl ich genau merke, wie sie sich wehrt, sich mir entziehen will, die Hände, die Lippen hart macht gegen meine Versuche, sie zu füttern, gegen mich.

Nichts davon wird mich je verlassen. Nichts wird das je aus mir heraustreiben.

Diese Gewalt in mir. Dieses Drängen, das übergreift, alles in Bewegung sehen muss, das nicht aufhören kann.

Die Mutter hat Odas Verlust nie verwunden. Im Bett, durch die Wand, da hab ich sie gehört:

Weißt du noch, dass es sie gab?
Ich hätt nie mit euch da hindürfen.

Ich stehe vor dem heruntergekommenen Häuschen. Das weiche Nachmittagslicht fällt durch die Nadeln und Äste, liegt auf den Farnen und dazwischen im Sand. Alles ist still, bis auf das Surren winziger Mücken und weit entfernt das Brechen der Wellen.

Ich gehe denselben Weg zurück, den wir damals gerannt sind, gerannt sein müssen.

Ich habe Oda gehalten, unter der Decke, in dem blauen Kleid.

Und dann waren die Mutter und ich allein.

4

Zurück auf dem Campingplatz sehe ich eine Jugendliche auf die Wagen zukommen. Ich bleibe im Schatten und beobachte sie. Sie ist zu jung, um sich an uns zu erinnern, aber vielleicht kennt sie jemanden, der es tut. Das Mädchen trägt Shorts, Flip-Flops, eine große Sonnenbrille, einen verwaschenen pinkfarbenen Hoodie. Haarsträhnen fallen aus der Kapuze über ihre Brust, sie glänzen so stark, dass ich an Britney denken muss, an die Zeit, als ihre Haare nachgewachsen waren und sie wieder weißblonde Extensions hatte.

Die Einkaufstasche, die das Mädchen trägt, scheint schwer. Sie steigt die drei Stufen zum Eingang des Wagens hinauf, der ganz am Rand steht. Stellt die Einkäufe ab. Einen Moment scheint sie Luft zu holen, dann öffnet sie die Tür. Ich höre, wie sie jemanden grüßt. »Ich bin wieder da«, sagt sie auf Deutsch. Die Stimme klingt dabei rau und leise, dann verschwindet sie im Inneren.

Den Wagen zwischen unserem und dem, in dem das Mädchen verschwunden ist, hat früher ein deutsches Paar bewohnt. Ich erinnere mich, dass sie mir und Oda einmal ein Buch geschenkt haben. Dass die Mutter es uns aber nicht vorlas. Dass es dann irgendwann verschwunden war.

Ich weiß bis heute nicht, wie es kam, dass die Mutter mit uns hier lebte, wieso sie aus Wien ausgerechnet hierhergegangen war. Wenn es um diese Fragen ging, dann stieß man in ihr an einen Wall, der nicht zu umgehen war.

Eine Weile warte ich noch, aber niemand zeigt sich mehr. Die Türen bleiben verschlossen, das Mädchen kommt nicht zurück.

Auf dem Rückweg in das Hotel rufe ich Ari an, auch sie geht immer ran, wenn ich anrufe.

»Hey, Baby«, sagt sie. Damit hat sie nie aufgehört. »Wie geht es dir?«

Ich erzähle ihr kurz von dem wenigen, das ich erlebt habe, seitdem ich hier bin. Dann berichtet sie von ihren Fortschritten. Der internationale Leichenpass wurde ausgestellt, die Mutter ist transportbereit. Ich höre sie tippen, weiß genau, sie hat ein akkurates File vor sich, in dem alles notiert und sortiert ist, Kosten, To-dos, die Mutter in Zahlen und Zeilen. Ich sehe Aris Blick vor mir, ihre Konzentration, ihre Zornesfalte.

»Also, es gibt mehrere Möglichkeiten, noch ist nicht klar, in welchem Krematorium genau die Einäscherung stattfindet. Der Bestatter sagt mir noch

Bescheid. Die bieten teilweise auch an, dass man da zuschauen kann, willst du das?«

Ich habe in irgendeiner Serie schon einmal gesehen, wie ein Sarg verbrannt wurde, in *Ozark* vielleicht. Ich sage ihr, ja, wenn das geht, dann will ich dabei sein. Wieder höre ich ihr Tippen, höre, wie sie meinen Wunsch vermerkt.

Nachdem die Mutter gestorben war, habe ich Ari angerufen, und sie kam sofort. Wir saßen am runden Tisch in der abgedunkelten Wohnung, mit Theo, Aris Kind, auf ihrem Schoß, der leise war und wirkte, als würde er merken, dass etwas passiert war. Überall waren Fliegen, die ich unbedingt in den Griff bekommen musste. Mein ganzes Denken kreiste um diese Fliegenkörper, die über die Haut der Mutter huschten, während wir auf den Bestatter warteten. Irgendwie hatten wir beide das Gefühl, alles sehr schnell entscheiden zu müssen.

Bevor Ari an die Kunstuni kam, hatte sie Leistungssport betrieben, sogar irgendeine Meisterschaft gewonnen, im Hürdenlauf, ich weiß nicht genau, welche, aber ihre ganze Art ist noch immer so. Sie rennt, und wenn etwas in ihrem Weg ist, springt sie. Ihr Beistand ist praktisch, sie managt gern Dinge für andere. Sie hat uns ein paarmal besucht, vor dem Tod der Mutter, und ich erinnere mich an diese Schüchternheit, an dieses zarte Lachen, an die Scham und daneben an Aris Robustheit. Ari hat die Mutter nie wie eine Kranke behandelt, sie hat ihren Körper angefasst, wie sie alles anfasst, mit ihren sanften, großen Händen.

Ari saß mit Theo bei mir, bis die Mutter abgeholt wurde, und das wird für immer bleiben.

Es tut gut, sie zu hören, Theos Kinderstimme im Hintergrund, den Fernseher, dieses Leben, das die beiden haben.

Während ich zurück in Richtung des Orts gehe, frage ich Ari nach dem Performancestück, für das sie kürzlich eine Förderung erhalten hat. Sie erzählt mir, wie ihre Vision im Probenprozess ein Eigenleben entwickelt. Zwei Menschen, die sich in einzelnen Lichtkegeln bewegen, in einem mit künstlichem Nebel gefüllten Saal. Zwei Suchende, die ganz für sich bleiben, deren Wege sich nie kreuzen, über Stunden. Manchmal, sagt sie, würden beide im Gegenlicht fast durchscheinend wirken. Nur die Hände, die aus den dünnen weißen Kleidern ragen, die seien wie Vögel, wie das Einzige im Raum, das wirklich am Leben ist.

Die Möwe fällt mir ein, die den Surfer attackiert hat. Marlènes Hand, die vom Himmel hinabfährt.

Ich liebe es, Ari zuzuhören, wenn sie von ihrer Arbeit spricht. Die Kunst ist nicht völlig aus meinem Leben verschwunden, allein indem ich ihren

Gedanken folge, mir vorstelle, was sie beschreibt. Wenn sie von ihren Prozessen spricht, dann ist nichts daran kompliziert. Alles ist Körper, alles ist greifbare Welt. Sie nimmt, was sie hat, ihr Träumen und Ringen, und sie formt etwas daraus, das sie anderen zeigen kann. Sie ist David Copperfield, sie schafft Dinge, die eigentlich unvorstellbar sind.

»I love you«, sagt sie zum Abschied. Und ich sage das Gleiche zurück.

5

Ich liege auf meinem Bett und scrolle mich durch Tracey Emins Instagram-Account. Selfies von Tracey im Meer. Von der Pride in Margate, dem Ort, in dem sie aufgewachsen ist. Tracey, lächelnd, mit Katzen im Bett. In Paris, in Unterwäsche. Der Urostomy Beutel, der ihren Urin auffängt, sichtbar an ihrer Seite.

Ihre Gemälde haben Namen wie Kurzgeschichten, wie Märchen, aber sind Autofiktion: »A simple blow job«, »I screamed – I kept screaming – I never stopped«, »I was too young to carry your ashes«. Das Leben, Rot, Schwarz und Blau, wie Hämatome, wie Wunden, vernarbt und wässernd auf der nackten Leinwand.

Irgendwann muss ich meiner Professorin schreiben und um ein Gespräch bitten. Ich muss ihr mitteilen, dass ich endlich wieder Zeit habe für das Studium, dass es weitergehen kann. Aber ich liege im Bett, und um mich sind nur Wände. All meine Recherche, all diese Gedanken, die ich mir gemacht habe, über allem liegt das Verschwinden der Mutter, ihr Körper im Nebenraum, ihr Körper, der noch atmete, während ich über Emin nachsann, und ich scheue mich davor, meine Fragmente zu lesen, jetzt, wo sie nicht mehr lebt.

Der Wald kriecht in meine Gedanken. Der Campingplatz. Der Bauwagen. Die Infos, die ich von Ari bekommen habe.

Ich googele die Route der Mutter, Berlin–Bordeaux. Ich stelle mir ihren Körper vor, das blaue Kleid, ihre blauen Hände, leicht hin und her zitternd, bewegt vom Motor eines Transporters und der Beschaffenheit französischer Autobahnen.

Ich rufe meinen Vater an. Er hat ein großes weißes Pflaster am Haaransatz, das ist neu, das hatte er gestern noch nicht. »Was ist dir passiert?«, frage ich, aber er weicht aus.

»Nur ein Kratzer.«

Marlène fällt mir ein, wie sie dasselbe über den Surfer gesagt hat. Vielleicht sind auch die ungarischen Möwen auf Blut aus.

»Wie gehts, wie stehts? Was machst du so, kann man da noch baden, an der Côte d'Argent?«, fragt er, als wäre ich nur im Urlaub und nicht wegen der Mutter hier.

Ich sage ihm, was Ari mir über den Fortschritt der Bestattungsorganisation mitgeteilt hat, frage aber nicht mehr, ob er herkommen wird. Unsere Beziehung basiert auf schweigendem Einvernehmen, auf Ungesagtem, darauf, dass wir uns nicht zu nahe kommen.

Er und die Mutter, ich habe das Verhältnis der beiden nie ganz verstanden. Der Vater ist meinen Fragen stets ausgewichen, und die Mutter blieb sowieso immer vage, oder sie mied Themen komplett. Ich vermute, dass es nie eine romantische Beziehung zwischen den beiden gab, dass er eher ein biologischer Faktor für sie war, eine Notwendigkeit für ihre erste Mutterwerdung. Und doch muss unser Umzug damals, nach Odas Verschwinden, von Frankreich nach Berlin, etwas mit ihm zu tun gehabt haben. Die Wohnung in Berlin gehört ihm, und jeden Monat überweist er Geld auf das Konto der Mutter. Mir kam das immer seltsam vor, weil eigentlich ist der Vater eher geizig. Er gibt ungern Geld her, wenn er davon nicht unmittelbar selbst einen Nutzen hat. Ich habe keine Ahnung, wie es dazu kam, dass er diese Verbindlichkeiten für sie und mich übernahm, und bisher weichen wir beide der Frage aus, ob und wie sich diese Faktoren nun, nach ihrem Tod, verändern werden.

Ich erzähle auch ihm von der Möwenattacke. Solche Geschichten gefallen ihm, und die Anekdote lässt unser Gespräch für den Moment in ein Gefühl der Verbundenheit kippen, das sich schmutzig anfühlt und das ich trotzdem begehre. Es gibt immer diesen Instinkt, wenn ich mit dem Vater spreche. Ich muss mir seine Aufmerksamkeit erarbeiten, ihn bei der Stange halten.

Als er auflegen will, sage ich: »Warte noch kurz.« Es fühlt sich falsch an, aber ich zwinge mich und ihn hinaus aus der kleinen Entspannung zwischen uns und frage nach möglichen Verwandten der Mutter, irgendjemand, der ein Interesse daran haben könnte, dass sie gestorben ist. Er antwortet nicht mehr, vielleicht hat er mich nicht gehört. Kurz liegt sein Gesicht mit dem Pflaster eingefroren, unscharf in meiner Hand. Mein Vater, der mich witzig und abgeklärt am liebsten mag. Ich wische ihn fort, versuche ihn noch einmal anzurufen, aber wo immer er ist, das mobile Netz, das uns verbunden hat, ist schon gerissen.

Danach liege ich wieder allein in der Stille, in diesem kühlen Licht. Meine Gedanken ziehen zurück zur Mutter. Ich denke daran, wie ich in Wien auf einer Seminarfahrt war, in der Stadt, aus der sie kam, in der sie mich und Oda zur Welt gebracht hat. Das war eine Zeit, in der diese Schnur, die die Mutter und mich verband, sich elastisch angefühlt hat. Sie war in Berlin, in unserer Wohnung, ich bewegte mich, und an den Abenden rief ich sie an. Oft lief ich dabei durch die Innenstadt, von der Albertina, vom Kunsthistorischen Museum, vom Mumok kommend, den Ring entlang zur Votivkirche. Ich erzählte ihr von den Kunstwerken, die ich gesehen hatte, Gespräche, die ich in der Straßenbahn mit angehört hatte, und ich sah sie dabei vor mir, den Fernseher lautlos, ihr Körper auf dem Sofa, die Hand in ihrem Schoß.

Es war, als würde ich ihr durch meine Berichte diese Stadt erschließen. Als wäre Wien, als wäre ganz Österreich zuvor nicht mehr als ein Wort für sie gewesen, obwohl sie alles hier besser kennen musste als ich.

Am letzten Tag ging ich durch das Viertel, in dem sie früher gelebt hatte. Den steilen Weg zum Türkenschanzpark hinauf, durch diese grüne, teure Wohngegend. Das war die einzige Vorstellung, die ich je von ihrer Kindheit erlangen konnte. Dieser Spaziergang durch die steilen Gassen des Cottageviertels im 19. Bezirk. Der Wohlstand dort überraschte mich. Stuckverzierte Einfamilienhäuser, Gärten mit blühenden Bäumen, die sich mit dem Anstieg höher und höher über die Stadt erhoben. Ich fragte mich, welche Berufe ihre Eltern, meine Großeltern, gehabt hatten, mit welchen finanziellen Privilegien sie aufgewachsen war, wie es kam, dass sie nie etwas geerbt hatte. Im Vorübergehen strich ich mit dem Blick über die Klingelschilder, aber niemand hieß wie wir, und soweit ich wusste, waren die Eltern der Mutter schon lange tot, und andere Verwandte gab es nicht.

Als ich zurück war, saß die Mutter mir am Küchentisch gegenüber und schälte eine Orange. Während ich sprach, zog sie mit den Fingernägeln sorgfältig weiße Fasern von den Spalten. Wien hing zwischen uns, über der Tischplatte, über den Schalen und ihren Händen, über den sauberen Orangenstücken, die sie vor sich auf einem Teller sammelte, und ich weiß noch, dass ich mich damals fragte, inwieweit sich ihre Erinnerung an diese Stadt von dem unterschied, was ich ihr beschrieb. In der Präzision, mit der sie die Orange schälte, las ich ihre Unsicherheit. Ich dachte, dass mein Studium etwas zwischen uns schob, dass ich mehr und mehr ein Leben aufbaute, das nur meines war. Sie lächelte, war so interessiert an allem, was ich erlebte, aber daneben stand ihre Unfähigkeit, Fragen zu stellen, weil all diese Themen ihr fremd waren. Ausstellungen, Lesungen, Partys. Ich konnte sie fast greifen, ihre Sorge um mich, auch da noch, im Nachhinein, als ich schon wieder vor ihr saß. Die Mutter versuchte, sie zu überspielen, aber ich kannte sie zu gut dafür. Unser gemeinsames Leben war eine sehr, sehr kleine Insel dort oben, über der Stadt, und es muss schwer für sie gewesen sein, als ich meines weiter und weiter auszudehnen begann, über die Ufer unserer Wohnung hinaus.

»Willst du wissen, wie es da jetzt aussieht?«, fragte ich. »Ich hab Bilder gemacht.«

Aber das wollte sie nicht. »Für mich ist es, als wäre ich nie da gewesen.«

Und ich glaube, dass sie alles, was vor Oda und mir kam, vor dem Campingplatz, dass sie all das genauso in sich ausgelöscht hatte wie Oda. Das Leben der Mutter bestand aus Lücken, war ein Text, in dem seitenweise geschwärzt worden war, was sie nicht ertrug. Das Lesbare, das Erträgliche, war die immer gleiche Zeile: sie und ich in der Dachwohnung.

Nie sprach sie von ihren Eltern oder davon, was zwischen ihnen vorgefallen war. Wenn ich nach den schwarzen Balken in ihrer Biografie fragte, wenn ich ihr Abwinken nicht hinnahm, dann entzog sie sich mir, und nichts fühlte sich schlimmer an, als wenn ihr Blick gegen mich hart wurde, wenn sie sich zurückzog in die Schattenwelt, die sie in sich trug, wenn sie über Tage kein Wort mehr sprach und ich wusste, ich hatte sie dorthin gedrängt, in diese noch tiefere Einsamkeit.

Als ich sie im Vorfeld gebeten hatte, mir ihre, unsere, alte Adresse in Wien zu geben, hatte sie nur gesagt, sie wolle nicht in der Vergangenheit graben. Als wäre ihr Aufwachsen ein Schmutz. Schwere, nasse Erde, die sie vor langer Zeit von sich abgewaschen hatte. Vorsichtig hatte ich damals gesagt, dass ich doch nur sehen wollte, wo ich als Kind gelebt hatte. Dass es ein Stück aus meinem eigenen Leben war, das mich interessierte, nicht aus ihrem, aber sie schwieg.

Es war ein altes Spiel. Ich erkannte meine Wut, und ich erkannte den Ton, mit dem sie schließlich meinen Namen aussprach. Ich wusste, da war es nur noch ein kleiner Schritt, und sie wäre verschwunden, also ließ ich von ihr ab.

In meiner Jugend hatten wir Jahre in diesem Kampf verbracht, sie unbewegt in ihrer Rüstung auf dem Sofa und ich, in meiner Wut, in meinem Unverständnis, die die Stille anfocht, mit allem, was ich hatte. Fragen, Vorwürfe, das Bild von mir und Oda an meiner Wand als ewiges Mahnmal.

Ich stieß nach der schweigenden Mutter. Ich stieß nach ihr, als wollte ich sie zerstören, so lange, bis ihr Panzer brach und ich darunter diesen winzigen Menschen sah. Ich war fünfzehn und die Mutter selbst ein verlorenes Kind. Weinend auf den Badezimmerfliesen, die Hände, die sich in den Stoff des Morgenmantels vergriffen, das rote Gesicht, der Mund eine Höhle, offen, offen, und der Atem daraus, der klang, als würde jemand ersticken.

Nie wieder habe ich danach diese Schwelle übertreten. Ich nahm Odas Bild von der Wand. Ich stellte keine Fragen mehr. Ich durchsuchte die Schränke und Schubladen nicht mehr nach alten Adressbüchern, nach Briefen, nach Dingen, die Oda gehört haben könnten.

Im Badezimmer strich ich über den Rücken der Mutter, bis sie sich beruhigt hatte. Dann führte ich sie zurück auf das Sofa, setzte mich zu ihr, in ihr Schweigen hinein.

Ich hielt ihre Hand in meiner, und alles, was ich wusste, war:

1. Sie hatte mich mit siebzehn bekommen und Oda mit neunzehn.
2. Sie selbst war ein Einzelkind gewesen.
3. Ihre Eltern waren schon tot, als ich auf die Welt kam.

6

Am nächsten Morgen gehe ich nach dem Frühstück über die Düne an den Strand. Am Atlantik gibt es keine Sonnenschirme oder Liegen zu mieten. Die wenigen Menschen, die da sind, verbarrikadieren sich mit Decken und Strandmuscheln vor dem Wind. Das Wasser ist kalt, die Wellen hoch. Wie früher ziehen weit am Horizont die Frachtschiffe ihre Routen. Es ist ein Wochentag, und der Strand ist nahezu leer. Die Saison ist vorüber, die Schule hat wieder begonnen.

Ich gehe ein Stück, sehe dann, weit oben, da wo der Sand weiß und trocken ist, jemanden sitzen. Es ist die Jugendliche, die ich am Vortag auf dem Campingplatz gesehen habe. Rauchend blickt sie aufs Wasser. Mit der tief ins Gesicht gezogenen Kapuze und ihrer großen Sonnenbrille lässt sie mich an Paparazzibilder denken, an scheue Celebritys auf Parkplätzen, vor Fitnessstudios oder Supermärkten. Sie wirkt nicht, als würde sie gern mit Fremden ins Gespräch kommen, aber ich gehe langsam auf sie zu, bleibe stehen, frage, als sie aufblickt, ob sie mir eine Zigarette abgeben würde. Sie sieht einen

Moment lang irritiert aus, greift dann in die Tasche ihres Hoodies, nimmt eine Packung Marlboro Silver und ein Feuerzeug heraus und streckt mir beides hin. Sie hat lange Acrylnägel, die in einem feinen Muster lackiert sind, pinkfarbene Schlieren auf rosa Untergrund. Ich zünde an, deute dann neben ihr in den Sand, und sie zuckt mit den Schultern. Erst als ich sitze, fragt sie: »Woher wussten Sie, dass ich Deutsche bin?«

»Geraten.«

Sie verzieht das Gesicht.

»Na, vielen Dank auch.«

Aus der Nähe denke ich, dass sie deutlich jünger ist, als ich angenommen habe. Ich sehe kaum etwas von ihrem Gesicht, aber was ich sehe, hat fast noch etwas Kindliches.

Wir rauchen schweigend, dann frage ich, ob sie auf dem Campingplatz lebt.

»Was, wenn?«

»Ich bin da aufgewachsen«, sage ich. »In einem der Bauwagen.«

Sie schnalzt kurz mit der Zunge. »Ah, echt? Wann soll das gewesen sein?«

»Ich war sieben, als wir weg sind. Der hellblaue in der Mitte war unserer.«

Sie nickt, raucht, reagiert erst mal nicht.

»Der steht jetzt leer«, sagt sie dann. »Da haben eine Zeit lang so komische Typen drin gewohnt. Irgendwann waren die dann plötzlich weg.« Sie zündet sich noch eine Zigarette an, der Rauch verliert sich sofort im Wind.

Ich sehe mir ihre Füße an. Die Nägel sind kurz, ohne Lack.

»Wo wohnst du jetzt?«, fragt sie mich, und meine Antwort hat offenbar eine sehnsuchtsvolle Wirkung auf sie. Zum ersten Mal sehe ich sie lächeln.

»Ich will auch mal nach Berlin. Wenn ich hier irgendwann wegkann.« Und es klingt, als bestehe auch ihr Leben aus Wänden.

»Was willst du da machen?«, frage ich.

Sie zieht an der Zigarette und hebt die Schultern. »Keine Ahnung. Leben halt.«

Ich nicke. Denke, dass ich in ihrem Alter wahrscheinlich genau dieselbe Antwort gegeben hätte.

»Wie heißt du?«

»Kitty.«

»Ich bin Zoey.«

Wir sitzen nebeneinander und sehen auf das Meer. Wir teilen etwas. Diesen seltsamen Ort. Ich wüsste gern mehr über sie, wüsste gern, mit wem sie wohnt, wem sie am Vortag mitgeteilt hat, dass sie zurück ist, aber ich bin vorsichtig, darauf bedacht, mich nicht aufzudrängen. Oda und ich, wir hatten immer Angst vor Außenstehenden. Die Familien am Strand, die Menschen im Supermarkt, für uns waren sie alle Teil einer dunklen, fremden Schauderwelt. Der Gedanke daran legt sich wie ein Faden um mein Inneres, zieht sich enger, schneidet Kerben. Die dünne Schnur, die die Mutter gesponnen hat, um uns zu schützen, und jetzt ist sie tot.

Das Wasser liegt silbern im Licht vor dem Strand. Ich starre in die Reflexion, in das Schimmern, denke wieder an Tracey Emin, an Munch, an Traceys Schrei. Vielleicht sollte ich das Gleiche versuchen, all das Innere hinausschreien, mich damit anfüllen, mit Lärm, all den Schmerz an die Oberfläche holen. Vielleicht wäre das eine Reinigung, ein Ritus, vielleicht wird nur dadurch ein neues Leben möglich.

Es ist kein einsames Gefühl, denke ich. Diese Leere, die Menschen hinterlassen, wenn sie sterben. Diese Gedanken, die ins Nichts laufen, weil da kein Gegenüber mehr ist. Es gibt auf der Welt unendlich viele Bräuche, wenn jemand stirbt. Warum fühlt es sich an, als wäre kein einziger davon für mich verfügbar? Ich starre auf das Wasser, das in wogenden Splittern vor dem Horizont liegt. Dort standen wir damals, Oda und ich. Dort, im weißen Schaum, und es scheint mir so lange her, und ich weiß nicht einmal, ob ich mich daran erinnere oder ob sich nur das Foto in mir entwickelt hat, zu etwas Bewegtem.

Ich sehe jemanden da unten. Einen Menschen, eine schwarze Form mit langem dunklem Haar, das im Wind weht, da, wo die Wellen kommen und

gehen. Ich konzentriere mich ganz auf diesen Körper, auf seine Umrisse vor dem gleißenden Meer,
versuche zu verstehen, was er dort tut. Etwas hält
dieser Mensch in der rechten Hand, etwas, das er
mit der gesamten Körperkraft zu bewegen scheint.
Es sieht aus, als wäre es eine Peitsche, die um den
Körper kreist, als wäre es der Schlag eines langen
Riemens, der wieder und wieder auf das Wasser
trifft, auf den nassen Sand.

»Gehst du in den Ort?«

Kitty drückt die Zigarette aus. Als ich wieder
zum Meer blicke, ist die Person verschwunden. Nur
die Surfer treiben weit draußen im Wasser, unter
den Möwen.

Wir stapfen zusammen durch den trockenen
Sand in Richtung des Hotels. Wir versinken darin,
schaufeln ihn mit uns. Kitty taumelt und lacht
darüber, und dabei erscheinen wir mir plötzlich
beide sehr jung, ich selbst auch.

Eine Frau sitzt allein im Sand, das Gesicht unter
einem Hut, hinter einer tiefschwarzen Sonnenbrille. Sie sieht zu uns herüber, sie beobachtet unseren Marsch, unser Lachen, und ich glaube, dass
es sich dabei um die Frau handelt, die von ihrem
gläsernen Balkon auf den Pool meines Hotels hi-
nunterblicken kann.

Oben an der Düne will ich mich von Kitty verabschieden, aber habe das Gefühl, dass sie unsere

Begegnung aus irgendeinem Grund in die Länge zieht. Sie bleibt, sie findet noch etwas Neues zu erzählen und zu fragen, die Hände in den Taschen ihres Hoodies. Haarsträhnen tanzen mit dem Wind um ihr Gesicht. Irgendwann schlage ich vor, ob wir noch einen Kaffee zusammen trinken wollen, im Speisesaal, und Kitty tut so, als wäre es das Normalste der Welt für sie, als würde sie regelmäßig dort einkehren, aber ich glaube, dass sie das Hotel noch nie betreten hat, so wie ich es als Kind nur von außen kannte. Nur die grünen Fensterläden, die sich über die Düne erhoben, die Palmen auf dem Dach. Nur das Schild: *Beau Rêve*.

Marlène ist noch nicht zu sehen, wir sind die einzigen Gäste. Ich bestelle an der Rezeption, dann setzen wir uns in eine der Nischen am Fenster. Ohne Sonnenbrille schätze ich Kitty auf maximal sechzehn. Sie wirkt nervös, hier im Hotel. Sie bewegt sich steif, hält die Hände unruhig in ihrem Schoß wie zwei schreckhafte Tierchen.

Als die Hotelbesitzerin mit unseren Tassen kommt, sieht Kitty nicht auf, sondern lässt den Blick starr auf der Tischdecke liegen. Ich erkenne etwas darin, die Unsicherheit, die ich selbst lange noch in gesellschaftlichen Räumen verspürt habe, das Gefühl, nicht dazuzugehören. Ich frage mich, ob Kitty in ähnlicher Isolation lebt wie wir damals, ob der Alltag auf dem Platz noch immer so stark nach außen abgeschottet ist.

Ich frage sie, ob sie noch zur Schule geht, aber sie schüttelt den Kopf. Wir schweigen, dann sagt sie plötzlich: »Ich arbeite an was.«

Dabei sieht sie mich kurz an, als würde sie gern mehr dazu sagen, aber es kommt nichts mehr, und ich frage nicht nach. Als wir ausgetrunken haben, begleite ich sie nach draußen. Vor dem Hotel fragt sie plötzlich, ob ich sie auf dem Campingplatz besuchen will, und ich denke, dass es diese Einladung war, die sie die ganze Zeit erwogen hat, ohne zu ahnen, dass das eigentlich genau war, was ich von ihr wollte. Mit Leuten in Kontakt kommen, die dort leben. Sehen, ob sich irgendwer an uns erinnern kann. Sehen, ob irgendetwas in mir dort Anknüpfungspunkte findet.

»Wir wohnen in dem gelben Wagen, meine Oma und ich. Am Rand.« Sie zieht ihre Zigaretten und des Feuerzeug aus der Tasche. Sie sagt: »Bei deinem ist das Dach total undicht.« Und es klingt, als hätte diese Information eine gewisse Wichtigkeit für mich, als wäre der Wagen noch immer meiner, als würde der Platz einen nie vergessen.

Wir verabreden uns für den folgenden Nachmittag. Dann setzt Kitty ihre Sonnenbrille wieder auf. Zündet sich eine Zigarette an. Sie winkt mir zu und geht davon, schnell kleiner werdend, auf dem grauen Strand. Ihr heller Zopf wischt dabei von links nach rechts über ihren Rücken. Ich sehe ihr nach, bis sie im Dunst verschwunden ist.

In ein paar Tagen werde ich an diesem Strand stehen und die Asche der Mutter verstreuen.

Später fahre ich wieder hinauf auf das Dach, zum Pool. Ich ziehe Bahnen, zähle. Die Kälte hilft gegen die Leere in mir, das Gefühl von Wasser auf meiner Haut. Das ist der Ritus, den ich habe.

In der Nacht, in der die Mutter gestorben ist, war die Luft vom Geruch der Nährlösung so dicht, dass es die Fliegen verrückt gemacht hat. Ihr harter Mund und meine Finger, die versuchten, ihn zu öffnen.

Mein Kopf teilt die Oberfläche, mein rechter Arm hebt sich, mein linker Arm hebt sich, meine Beine schlagen nach oben und unten, alles ist im Takt. Ich drehe das Gesicht an die Luft, ich atme ein.

Ich erinnere mich nur in Sequenzen. Als hätte die Zeit sich anders verhalten in meinem Anarbeiten gegen ihren Tod. Als wären die Stunden dieser letzten gemeinsamen Nacht aufgesplittert, Scherben eines Screens, in denen ich mich selbst sehen kann. Kleine Loops, kleine Ewigkeiten, Flashbacks ohne Chronologie.

Ich, bei meinen verbissenen Versuchen, ihr die Nährlösung in den Mund zu flößen. Ich, beim ständigen Abtrocknen ihrer Arme und Beine, die schwitzten, aber zugleich ganz kalt waren, wie etwas, das man aus dem Kühlschrank nimmt. Aus dem Eisschrank, wie die Mutter es immer genannt hatte. Das Bettzeug, nass in ihrem Rücken.

Mein Körper über ihrem, ihr Körper unter meinen Händen. Die harte Arbeit, die ihr das Atmen geworden war, das Schlucken. Ihr Blick, der mir nicht mehr begegnete.

Ihr Gesicht, ihre trockenen Augen.

Meine Kraft und ihr Verschwinden.

Der Geruch, die Fliegen, die nasse, kalte Haut.

Meine Finger in ihrem Mund.

Ich schwimme und schwimme, wende, schwimme zurück. Dort, wo der Ort ist, ragt die Glasfassade des anderen Hotels in den Himmel, aber der Balkon der alten Frau ist leer.

Was am Ende stand, war absolute Stille, bis auf die Geräusche der Fliegen.

Der Kampf war verloren.

Ab da ist meine Erinnerung statisch, wie ein Bild: der Körper der Mutter auf dem Bett, das Laken, der Teppich, das Zimmer, in völliger Verwüstung. Ein Stillleben, Vanitas, als müsste ich für immer an ihren Tod erinnert werden.

Der Körper, der blühende Zweig, die Fliegen. Mein Schlachtfeld, auf dem ich mit ihrem Tod gekämpft hatte, lächerlich bewaffnet mit Handtuch und Fliegenklatsche, Wasser und Nährlösung, als

müsste sie nur genug davon zu sich nehmen, als
müsste ich nur die Hitze um ihren Körper senken,
als müsste ich nur die Fliegen von ihr fernhalten.

Dann war es vorbei. Das Leben der Mutter und ihr
Sterben. Ich saß in der Dusche, auf dem Schemel,
auf dem sie noch wenige Wochen zuvor gekauert
hatte, als ich ihr den Rücken, die Füße, das Haar
gewaschen habe. Ihre Wirbelsäule wie eine Kette
aus Perlen unter der dünnen, flaumigen Haut. Die
dünnen Zehennägel. Ihr angstvoll zusammenge-
kniffenes Gesicht, ihre kindliche Sorge, etwas in die
Augen zu bekommen.

Ich saß in der Dusche, und erst damit, erst mit dem
Wasser, begann die Zeit wieder, linear zu verlaufen.

Ich rief Ari an.

Ich googelte: »Was tun nach Todesfall«.

Ich hangelte mich durch die Aufzählung, die das
Internet mir gab. Telefonierte mit einer Ärztin, er-
kundigte mich, ob sie mir den Totenschein ausstel-
len würde. Bei ihren Rückfragen durchfuhr mich
plötzlich die Angst, dass ich mich strafbar gemacht
haben könnte, dass es vielleicht einen Begriff dafür
gab, unterlassene Hilfeleistung, die Mutter nicht
ins Krankenhaus geschickt, keinen Rettungswagen
gerufen zu haben.

Am Telefon mit der Ärztin sah ich uns, die Mutter und mich, von außen, durch den Blick dieser
fremden Frau. Als wäre unser Leben eine Komödie,

eine Realityshow, in der nichts als schlechte Entscheidungen getroffen wurden, bei der Zusehende sich ständig fragten: Warum, warum handelt ihr so völlig sinnlos?

Die Mutter im Bett und ich hektisch hantierend, mit der Nährlösung und der roten Fliegenklatsche aus dem Ein-Euro-Shop an der Kreuzung.

Ich hörte die Fragen der Ärztin und sah im Spiegel ihres Unverständnisses den Wahnsinn unserer Situation: die Mutter und ich, das Wesen mit den zwei Köpfen, das bizarre Duo. Die Dachwohnung, völlig der restlichen Welt und jeder Vernunft enthoben.

»Warum haben Sie denn die 112 nicht gerufen?«, fragte die Ärztin, und es war mir völlig unmöglich, mein Handeln zu erklären. Aber hinter mir lag ein ganzes Leben auf diese Art.

Ich kannte es nicht anders.

Zwanzig Jahre hatte die Mutter in dieser Wohnung verbracht. Vor dem Fernseher oder am Fenster, auf dem Sofa, im Sessel, im Bett.

Ich wurde neun, zehn, elf Jahre alt. Sie muss irgendwann noch einkaufen gegangen sein und zu Elternabenden in dieser Zeit, aber zugleich erinnere ich mich nur an diese krumme, blasse Form: die Mutter, auf dem Sofa.

Die Nachmittage nach der Schule, die Abende,

an denen wir dort zusammen saßen, diese Kindheit vor dem Fernseher, der jetzt unsere Weite war, unser Horizont.

Wir sprachen nicht vom Davor, die Mutter und ich. Die Stille, die den Campingplatz umspannte, sie grub sich in mich hinein, bis mein Kinderkopf daraus machte, dass es diese Jahre und Oda, dass es all das vielleicht gar nicht gegeben hatte. Was, wenn ich immer hier gelebt hatte, immer allein mit der Mutter. Wenn das andere ein Traum war, eine parallele Welt, aus der ich irgendwann gewechselt hatte. Es schien mir nicht unmöglich, plausibel sogar, denn in Büchern gab es Geschichten wie diese, und wie sonst konnte es sein, dass wir nicht von ihr sprachen. Dass wir nicht nach ihr suchten.

Die Wahrheit, die Erinnerung, beides ist formbar.

Wenn es Oda nie gegeben hatte, dann war ihr Verschwinden nicht mehr als eine dunkle Fantasie. Dann hatte ich sie nicht in den Wald gelockt. Dann hatte ich nicht darüber geschwiegen.

Ich versuchte sehr, das zu glauben. Ich versuchte es auf eine Art, die anstrengend war, die mir abverlangte, meine Erinnerungen in einen Bereich zu schieben, in dem sie keine Fakten mehr waren. Nur wenn das gelang, nur dann war das Verhalten der Mutter für mich begreifbar.

Ich hörte irgendwann auf mit diesen Versuchen. Einmal, im Restaurant des KaDeWe, oben am Fenster, da fragte ich meinem Vater: »Denkst du, dass Oda uns sucht?«, und ich merkte, wie ihn diese Frage traf. Er wand sich heraus. Er gab keine Antwort, aber er fragte auch nicht: »Wer ist Oda?«

Er wusste von ihr.

Und irgendwann fand ich das Foto, auf dem ich Oda neben mir sah, mit dem ihr Gesicht wieder klare Züge für mich bekam.

Ich weiß noch, dass ich besessen war von Kindern, die verschwanden. Ich weiß noch heute die Namen, die ich damals in Zeitungsmeldungen fand und in ein kleines Buch schrieb.

2006 las ich alles über Natascha Kampusch.

Ich dachte, dass auch bei ihr die Eltern dachten, sie würden sie nie wieder finden. Und vielleicht gab es noch mehr solcher Keller, noch mehr Orte, an denen Kinder lebten, vielleicht gab es irgendwo einen Raum, in dem Oda war, und irgendwann würde es ihr gelingen zu fliehen.

Ich wurde zwölf, dreizehn, vierzehn Jahre alt. Ich hängte Odas Bild an die Wand. Ich kämpfte gegen die Stille der Mutter, gegen die Schwärze, die sie über meine eigene Biografie gegossen hatte. Ich lief nächtelang durch die Stadt, ich trank so viel, manchmal wachte ich im Wohnungsflur in meinem

Erbrochenen auf. Die Mutter fand mich, sie weckte mich, sie meldete mich krank. Sie sagte kein Wort. Sie kannte meinen Schmerz.

Dann, die Mutter im Badezimmer. Ihr rotes, nasses Kindergesicht. Meine Hand auf ihrem Rücken. Dieses stille kleine Leben. Sie und ich. Das war alles, was sie ertrug.

Unter dem Küchenfenster unserer Wohnung kreuzt sich die Potsdamer mit der Kurfürstenstraße. Dort, auf dem Flachdach eines Hauses, das wie ein Parkhaus aussieht, ragen drei Buchstaben in die Höhe, LSD. Ich weiß nicht, wie alt ich war, als ich verstand, dass das der Name des Sexshops darunter war, dass das L für Love stand, das S für Sex, das D für Dreams. Ich weiß nicht, wie alt ich war, als ich verstand, dass diese Dinge Teil der meisten Biografien sind, mehr oder weniger stark gewichtet. Dass keines dieser Konzepte in der Mutter zu existieren schien, dass ich in ihr von keiner Sehnsucht wusste, dass es da keine Zukunft gab und nur Vergangenheit, die sie vergessen wollte.

Zwanzig Jahre verbrachte die Mutter an diesem Fenster vor diesen Buchstaben, die nachts hellblau leuchteten. Zwanzig Jahre, in denen sie weniger und weniger wurde, bis sie kaum mehr aufstehen, sich nicht mehr allein waschen, sich nicht mehr kämmen konnte. Es war ein Aufhören, ein Verschwinden, ein Nach-und-Nach. Jahre, in denen sie sehr langsam davonglitt, in eine Tiefe, in die niemand ihr folgen konnte.

Die Ärztin am Telefon fragte und fragte, und ich konnte es nicht erklären.

Ich hielt die Hand der Mutter, bis es nicht mehr ging. Ich hielt sie oben, so lange ich konnte.

Ich schwimme von Beckenrand zu Beckenrand, bis es dämmert, was am Atlantik immer silbern ist, immer rosa, immer golden. Vielleicht ist es das Atmen, das mich beruhigt. Das langsame Ausstoßen der Luft unter Wasser.

7

Am nächsten Vormittag füllt feiner Regen die Luft. Er liegt salzig auf der Haut, und es ist unklar, aus welcher Richtung er kommt. Mein Ziel ist die Polizeistation im Ort. Ich ziehe meine Cap ins Gesicht und den Reißverschluss meiner Regenjacke nach oben, aber als ich durch die beschlagene Glastüre in den Flur der Wache trete, sind meine Haare und meine Jeans feucht und steif.

Eine Frau sitzt hinter einer Scheibe, und ich versuche in mangelhaftem Französisch zu erklären, dass ich etwas über das Verschwinden meiner Schwester herausfinden will.

Lost in translation stecken wir eine Weile in einer Schleife aus Missverständnissen fest, in der sie denkt, dass eine Zwanzigjährige verschwunden ist, dass es darum geht, eine Vermisstenanzeige aufzugeben, und ich ins Englische wechsle wieder und wieder, bis sie mir schließlich signalisiert, auf einem Plastikstuhl Platz zu nehmen. Ich warte, ich weiß nicht genau, worauf. Ein junger Polizist holt mich schließlich ab, er lächelt und grüßt mich mit »Good morning, Madame«. Dann bringt er mich zu einem Schreibtisch, setzt sich mir gegenüber. Sein Englisch klingt geschmeidig, nach amerikanischen Serien, und ich merke, wie er eine Art plotgetriebenes Interesse an dem entwickelt, was ich ihm erzähle.

»Wann ist das alles vorgefallen?«
    »Wie alt waren Sie?«
    »Wie alt war Ihre Schwester?«
    »Wo befanden sich Ihre Eltern?«
    »Das Mädchen ist nie wieder aufgetaucht?«

Hier, auf der Polizeiwache spreche ich zum ersten Mal von ihr. Ich diktiere zum ersten Mal in meinem Leben Odas Namen in die fahrige Handschrift eines Fremden. Ich sehe die Timeline ihres Verschwindens vor mir, schwarz auf weiß:

2003, l'été
Oda Kristina Weiß, Allemande
5 ans, blonde, robe bleue
disparue du Happy Camp, terrain de camping

»Erzählen Sie mir alles, woran Sie sich erinnern«, sagt der Polizist, und es fühlt sich eher an, als würde ich einem Psychologen gegenübersitzen.
    »Ich glaube, dass wir in dieser Nacht allein im Wagen waren«, sage ich. »Ich weiß nicht, wie lange.«
    Er nickt und schreibt.

»Hinter dem Wagen beginnt sofort der Wald, dazwischen ist ein Zaun, aber man kommt da leicht durch.«

Ich beschreibe die Lichter, die wir vom Campingplatz aus sehen konnten, den Gesang, den wir hören konnten. Das Häuschen und die Männer.

»Waren noch andere Menschen im Wald?«

»Ich glaube schon.«

»Männer, Frauen?«

»Ich weiß es nicht mehr.«

»Die Männer, an die Sie sich erinnern, waren das Franzosen?«

»Ich glaube, dass sie Deutsch mit uns sprachen.«

»Haben diese Männer Sie angefasst, oder Ihre Schwester?«

»Nein.«

Er füllt Blatt nach Blatt.

»Wir waren danach zusammen im Wagen, meine Schwester und ich. Ich weiß noch, wie wir zusammen im Bett lagen.«

Er füllt Blatt nach Blatt, bis ich irgendwann sage, dass das alles ist, was ich weiß.

»Möchten Sie Ihre Schwester als vermisst melden?«

»Möchten Sie den Vorfall als Verbrechen zur Anzeige bringen?«

»Ich weiß es nicht.«

Ich sage ihm, dass die Mutter nie davon gesprochen hat. Dass ich zu verstehen versuche, was damals passiert ist. Frage, ob es Menschen gibt, die damals schon vor Ort tätig waren, und habe dabei das Gefühl, eine *Aktenzeichen XY*-Fantasie auszuleben.

Zu meinem Glück ist der junge Polizist motiviert, zu meinem Glück hat er nichts Besseres zu tun. Zu meinem Pech gibt es in seinem Computer, in dem Aktenraum, den er durchsucht, nichts zu Oda, und das beantwortet zumindest eine meiner Fragen: Wie es scheint, wurde ihr Verschwinden nie bei der Polizei angezeigt.

Irgendetwas ist damals passiert, etwas Schreckliches, etwas, das so schlimm war, dass die Mutter es nicht einmal aussprechen, nicht einmal denken konnte. Vielleicht sind die Männer uns gefolgt und haben Oda aus dem Wagen geraubt, so wie ich es lange glaubte. Vielleicht ist sie nie mit mir zurück in den Wagen gekommen, vielleicht habe ich sie dort gelassen, im Wald. Vielleicht lag sie nie mit mir unter der Decke in dem blauen Kleid, oder vielleicht war das zuvor gewesen. Vielleicht, vielleicht, vielleicht. Ich habe all diese Fragen, und während ich sie stelle, wächst in mir ein Schuldgefühl gegenüber der Mutter, als sollte ich all das ruhen lassen. Aber ich kann nicht. Ich ziehe, ziehe, ziehe an dem Schweigetuch, das sie über alles gelegt hat.

Nie haben wir von Oda gesprochen, aber: Nie haben wir nicht von ihr gesprochen.

Die Luft, die wir zusammen atmeten, dort im Dachgeschoss, sie war voll von ihr.

Die Mutter auf dem Sofa, am Fenster, im Bett. Und ich, hineingekauert, so gut es mir gelang, in diese krumme Form, die sie vorgab.

Ich schwieg, ich fragte nicht, ich biss auf meine Zunge, bis Oda Oda Oda kein Name mehr war, nicht mehr meine kleine blonde Schwester, 5 ans, robe bleue, sondern ein Wort, das ich unter keinen Umständen aussprechen durfte. Eine Formel, die die Mutter unmittelbar zerbrochen, gesprengt, aufgelöst hätte.

Alles an unserem Alltag lag da schon abseits jeder Norm, ohne dass ich darüber nachdachte. Die Mutter verließ die Wohnung nicht, und manchmal auch nicht das Bett. Verpackungen, Schalen, Fruchtkerne und -steine säumten unsere Sofalehnen, das Beistelltischchen, die Ranken auf dem Teppich. Maultaschen, Apfelschnitze, wir aßen irgendetwas, wann immer wir hungrig waren, bis sie irgendwann damit aufhörte.

Wir ließen die Zeit vorbeistreichen. Tag für Tag für Tag, eine Reihe identischer stiller Waben, die Einsamkeit, das Abfinden. Es war ein sehr kleines Leben, das die Mutter führte.

Ich blieb bei ihr, und wenn ich ging, dann ging

ich ganz behutsam, und ich kam immer zurück. Ich wäre nie mit Ari zusammengezogen. Ich hätte nie ein Auslandssemester gemacht oder eine lange Reise, ich wäre nie auf einen anderen Kontinent geflogen. Ich wusste, dass sie schwach war und ich stark, und das war alles, was ich kannte.

Der junge Polizist holt zwei weißhaarige Kollegen dazu. Ich verstehe den Austausch nur in groben Zügen, aber genug, um zu merken, wie das anfängliche Interesse zu Ablehnung wird, als er den Campingplatz erwähnt. Schultern zucken, Köpfe werden geschüttelt. Blicke treffen mich, die sich anders anfühlen, die eine Grenze aufzeigen.

Die beiden Beamten bleiben neben uns stehen, als mein Polizist sich wieder mir zuwendet.

»Sie wissen nichts«, sagt er und macht eine Pause. »Sie sagen, dass diese Gruppe auf dem Platz, dass sie gegen die Polizei sind.«

»Opponents of police work«, sagt er.

Ich sehe zu den beiden Männern auf. »Was genau meinen sie damit?«, frage ich. »Gab es irgendwelche Vorfälle damals?«

Er übersetzt, sagt dann, dass die Menschen auf dem Platz sich mehrfach verweigert hätten, polizeiliche Ermittlungen zu unterstützen. »Vigilance – vigilantism«, sagt er noch. Selbstjustiz.

Ich frage nach den Lichtern im Wald, aber ich dringe mit meinen Fragen nicht zu den Männern durch. Der Campingplatz, ein selbst gewähltes Niemandsland, die Belange von dort haben nichts mit den Polizisten zu tun.

Es ist nie ein Kind von diesem Campingplatz verschwunden, denn es gab keine Meldung dazu, keine Schriftstücke, keine Aktenzeichen, keine Erinnerung. Die französische Polizei hat nie von uns gehört.

Ich spüre, wie die Wut in mir ansteigt. »Meine Schwester ist verschwunden«, sage ich laut zu den beiden. »Wie kann Ihnen das so egal sein?« Aber ich spüre, wie mein Zorn die Männer nur noch weiter in ihrer Ablehnung festigt.

»Désolé, Madame.« Das ist alles, was ich von ihnen bekomme, dann heben sie die Schultern und gehen davon.

Der junge Polizist fragt noch einmal, ob ich meine Schwester als vermisst melden will, aber ich schüttle den Kopf. Ich bin müde. Die Reaktion der Männer hat etwas in mir aufgekratzt, auf das ich nicht direkt den Finger legen kann, aber es ist ein unangenehmes Gefühl, das mir bekannt ist. Es ist etwas, das mit der Mutter zu tun hat, mit gesellschaftlichen Positionen, mit einem »Wir« und einem »die anderen«, mit einer Spalte, die dazwischen existiert. Ich, Oda, die Mutter, für die Männer waren wir keine Individuen. Ich, vor ihnen am Tisch sitzend, war ein Symbol für sie. Ein Moment der Rückzahlung, obwohl ich den beiden noch nie in meinem Leben begegnet war.

Der junge Polizist bringt mich zum Ausgang. Ihm tut es sichtlich leid, dass er mir nicht helfen konnte, vielleicht auch, dass er den Fall, dem er seinen Vormittag gewidmet hat, als ergebnislos abschließen muss.

»Waren Sie mal bei der Zeitung?«, fragt er mich, und ich schüttle den Kopf. Als er lächelt, sehe ich seine weißen Zähne. »Die wissen oft mehr als wir«, sagt er und gibt mir die Hand. Ich danke ihm. Sage, dass ich schon seit Jahren digital nach Oda suche. Dass ich bisher nichts finden konnte. Als ich schon ein paar Schritte entfernt bin, ruft er mir nach, es gebe ein Archiv im Ort. Mit alten Ausgaben, die bisher nicht digitalisiert wurden.

Ich gehe durch den kleinen Park im Zentrum, durch die Fußgängerzone zurück zum Hotel. Es ist Mittag und alles bereits verschlossen. Der ganze Ort. Ich stehe vor einem Karussell, das nicht fährt, vor schwarzen Ladenfenstern, vor schmalen Beeten mit Lavendel, einem Brunnen, Palmen in großen Steinwannen.

Es hat aufgehört zu regnen, und der Himmel klart langsam auf, aber alles ist noch nass. Eine dünne Plastikplane hat sich in einer Pappel verfangen, bläht sich leise knisternd im Wind.

Ich muss an die Haut der Mutter denken, dieselbe Transparenz, dieselbe Brüchigkeit. Die zitternde, klebrige Spur, die ihr Kinn hinunterlief.

Du musst das trinken. Immer wieder dieser Satz aus meinem Mund. Mit aller Gewalt wollte ich sie am Leben halten. Das Pressen der kleinen Plastikflasche zwischen ihre harten Lippen, das war meine Fürsorge. Aus der Tiefe ihres Körpers kam der Geruch irgendwann, aus dem Haar, das ich ihr kämmte, den Nägeln, die ich schnitt, gelb lag er auf ihrer Zunge, wenn ich mit dem kleinen Fingerhandschuh ihren Mund reinigte.

Wenn sie schlief und ich sie durch die dünne Wand atmen hörte, fragte ich mich, warum ich nicht damit aufhören konnte. Jede Mahlzeit, weiße dickflüssige Kaffeenahrung. Nährstoffe, die sie nicht mehr wollte, die sie an einem Leben hielten, das sie nicht mehr wollte.

Unter dem Wind, in der Nachsaison dieses Orts, spüre ich, wie mir heiß wird, wie das in mir nach oben steigt, was ich die ganze Zeit über versuche, unten zu halten. Der Bodensatz, wenn es um die Mutter geht. Ihre Nägel, die weißen kleinen Halbmonde im Mülleimer, die Haut an ihrem Handrücken, die ich kneife, um das Hydrationsniveau zu prüfen. Ihre Haare in der Bürste.

Die Zeit, in der sich alles um diese Dinge drehte, sie liegt hinter mir. Aber in meinen Gedanken drängt noch ihre dünne Stimme durch die Wand. »Weißt du noch, dass es sie gab?« Als hätte ich Oda jemals vergessen. Sie war mehr als das Ungesagte, die Luft, die uns umgab. Oda war ein Graben in unserem Leben, ein Abgrund, an dessen Kante wir standen, immer nur wenige Zentimeter von diesem unbegreiflichen Schwarz entfernt. Es gab keinen Grund dort, keine Antworten, nichts, was uns hätte trösten können.

Und ich denke, dass die Mutter sich auflösen wollte, dass sie verschwinden wollte, damit ich endlich frei davon war. Von ihr, von dieser Schwere.

Kurz vor dem Tod der Mutter, wenige Tage bevor sie starb, kam etwas zurück, da bekamen Dinge plötzlich klarere Umrisse in ihren Aussagen, als wäre sie irgendwohin zurückgekehrt. »Ich hätt das wissen müssen. Ich hätt sie besser kennen müssen.« Ich weiß nicht, wo sie da war, von wem sie sprach. Die Resignation legte etwas sehr, sehr Altes in ihr Gesicht, und ihr Mund war dabei eine Kerbe. Ihr Blick ging nach innen, tief nach innen, in diese alten Entscheidungen hinein, aber für Fragen war es zu spät. Einmal dachte ich, ich würde es noch einmal versuchen, ganz behutsam. Ich saß an ihrem Bett, und ich dachte darüber nach, wenn ich jetzt eine Frage stellte, nur eine einzige, vielleicht würde ich eine Antwort bekommen. Ich setzte an: Was ist damals genau passiert? Da hob sich ihr Finger von der Bettdecke, mit dem runden, kurzen Nagel, als wüsste sie genau, was ich vorhatte, und ich schwieg.

Ich denke über die Reaktion der Polizisten auf der Wache nach. Wie kann es sein, dass ein Kind verschwindet und niemand davon erfährt? Was bedeutet Selbstjustiz? Dass sie gesucht wurde? Dass jemand zur Rechenschaft gezogen wurde?

Alles, was ich weiß, ist, dass ich und die Mutter irgendwann nachts allein auf der Matratze lagen. Ich blieb wach, ich schwitzte in einer diffusen Schuld neben dieser Lücke, die zwischen uns klaffte, dieser leeren Form, in der Odas kleiner Körper fehlte. Ich wünschte mir, eine Welle würde aus dem Meer kommen und mich mit sich nehmen, mich hinausziehen. Dieses Denken war ein seltsames Tauschgeschäft, und ich weiß nicht, wem ich es damals anbot, aber ich denke jetzt, dass es in das Modell der Trauerbewältigung passt. Phase drei: verhandeln. Nimm mich und bring Oda zurück.

Damals muss ich angefangen haben zu denken, dass ich Oda im Wald gelassen haben könnte, dass sie nie mit mir in den Wagen zurückgekehrt war, dass ich mit meinen Entscheidungen irgendwie ihr Verschwinden herbeigeführt hatte. Dass das Einschlafen mit ihr in dem blauen Kleid ein Traum gewesen war.

Hol mich weg und gib der Mutter Oda wieder.

Ich wollte, dass die Mutter einschlief, wollte allein in den Wald zurück, wollte dort nach Oda suchen. Wollte, dass sie noch dort stand, als wäre die Zeit in dem kleinen Haus nicht weitergelaufen, ich wollte Oda an der Hand fassen, damit die Zeit wieder in Bewegung kam, und mit ihr davonlaufen. Wir würden im Wagen ankommen, und die Mutter wäre da, und wir wären wieder zu dritt, und Oda läge wieder zwischen uns, warm und klein und knisternd, und am nächsten Morgen würden wir alle aufwachen, und es wäre wie in *Madita*, als ihre kleine Schwester Lisabet heimlich hinten auf einen Schlitten aufsteigt und von dem Fahrer mitten im Wald allein gelassen wird. Sie kommt in einem Stall unter, bei einem Pferd, sie watet durch den Schnee, und dann wird sie von zwei herzensguten Fremden zurückgebracht. Als die Eltern nach Hause kommen, liegen Madita und Lisabet zusammen im Bett und schlafen, und alles ist wieder eine heile Welt.

Aber die Mutter schlief nicht ein, sie lag wach wie ich. Und ich stellte mir Oda vor, allein in einem verschneiten Wald, weinend, weinend, weinend. Und sie kam nie zu uns zurück.

Ich lauschte nach draußen, zum Meer hin, zum Wald, ich lauschte, ob ich nicht ihre Füßchen hörte, unter dem Wind, ob sie nicht endlich zurückgebracht wurde.

Ich weiß nicht, ob ich damals schon nach ihr fragte. Ich weiß nur, dass ich nie eine Antwort bekam.

Das war das Schlimmste, dann, in Berlin. Diese Vorstellung. Oda, die zurück auf den Campingplatz kommt. Und wir, die Mutter und ich, wir sind nicht mehr da.

Ich habe nie eine Erklärung bekommen, warum Oda und ich allein waren, in dieser Nacht. Warum wir dann weggezogen sind, obwohl Oda fort war und fortblieb.

Ich weiß nur, dass wir in die Wohnung des Vaters zogen, dass es dort ein Zimmer für mich gab und ein Zimmer für die Mutter. Dass Möbel geliefert und aufgebaut wurden. Dass der Vater begann, mich abzuholen, alle paar Wochen oder Monate. Er kaufte mir Erdbeerkuchen im Café Einstein Unter den Linden.

Vielleicht dachte die Mutter, sie könnte nicht allein für mich sorgen.

8

Als ich am Nachmittag auf Kittys Wagen zugehe, habe ich das Gefühl, beobachtet zu werden. Ich denke mir die Körper hinter den Gardinen, Blicke, die mir folgen. Ich weiß von früher, wie Fremde auf dem Platz wahrgenommen werden. Ich glaube, dass mich niemand erkennt, selbst wenn es noch dieselben Leute sind, die hier leben.

Das kleine Fenster zu Kittys Wagen ist von innen mit dunkler Folie abgeklebt, nichts ist zu sehen oder zu hören. Auf mein Klopfen hin kommen von innen leise Schritte, dann öffnet Kitty die Tür.

»Oh, hallo.« Sie zieht mich nach innen und schließt sofort hinter mir ab. »Hat dich jemand gesehen?«

Im Wagen riecht es vertraut. Bis ich etwas erkennen kann, stehe ich in derselben Luft wie früher, im leicht modrigen, feuchten Geruch meiner frühen Kindheit. Der hintere Bereich, in dem bei uns die Matratze gelegen hat, ist mit einem Vorhang abgetrennt. Eine weiße Lichtspur fällt von dort durch einen Spalt, zieht sich wie ein Riss über das Holzimitat des Plastikbodens, liegt auf Kittys Arm, glänzt auf ihren Fingernägeln, auf ihrem künstlichen Haar.

Von dort, wo das Licht seinen Ursprung hat, kommt jetzt eine Stimme: »Ist sie das?«

»Sicher, wer soll es sonst sein?« Kitty wendet sich zu mir. »Meine Oma will dich kennenlernen.«

Als sie den Vorhang zur Seite schiebt, bietet sich ein seltsames Bild. Da sitzt eine etwa achtzigjährige Frau in einem Bett. Sie lehnt in goldenen Samtpolstern, trägt eine dicke, rot umrandete Brille. Hinter ihr hängt ein Airbrush-Poster, das Pyramiden, Rosen und glitzernde Planeten zeigt, am Fußende liegt zusammengerollt eine weiße dünne Katze. Weil vor ihr im Bett ein greller Ringscheinwerfer aufgestellt ist und sie anstrahlt, sieht die Frau aus, als würde sie von innen heraus leuchten. Die Form der Lampe wird von den Brillengläsern mit zwei weißen Kreisen reflektiert, was ihre Augen unsichtbar macht und ihrem Gesicht etwas Besessenes gibt. Sie erinnert mich an die fluoreszierenden Heiligenfiguren aus dünnem Plastik, die es im Vatikan zu kaufen gibt. Ein hoher Bücherstapel balanciert auf ihrer Bettdecke, ganz obenauf steht ein Handy in einer Halterung, die wie ein winziger Sessel gestaltet ist.

»Bonsoir, good evening!«, ruft die Oma mit deutschem Akzent und winkt mich zu sich. Im weißen Licht glänzen dicke Goldringe an ihren Fingern. Obwohl ich näher trete, hört sie nicht auf, mich heranzuwinken, immer mit einem aufmunternden Nicken, mit blinkenden Brillengläsern. Erst als ich mich hinunterbeuge, als mein Ohr nahezu direkt vor ihrem Mund ist, flüstert sie verschwörerisch: »Sie kennen sich mit dem Internet aus, wie ich höre?«

Ich nehme an, dass Kitty ihr diese Information gegeben hat, und ich habe keine Ahnung, wie sie darauf kommt. Soweit ich mich erinnere, haben wir nichts besprochen, das einen derartigen Schluss zugelassen hätte, aber ich vermute, dass meine Expertise was »das Internet« angeht, die der Großmutter allemal übertrifft.

»Was wollen Sie denn wissen?«, frage ich deshalb.

Die Alte leckt sich die Lippen, erhebt dann plötzlich die Stimme und ruft Kitty zu, dass sie den Tee bringen soll. Da sie direkt in mein Ohr schreit, schrecke ich zurück und reiße dabei fast den Bücherturm, auf dem das Handy thront, um. Die Katze richtet sich halb auf, sichtlich verärgert über die Unruhe, sinkt dann wieder in sich zusammen.

Die Alte lacht auf, nickt in Richtung der erschrockenen Katze.

»Also, zurück zu Ihnen«, flüstert sie dann. Kitty ist hinter dem Vorhang verschwunden, und wir hören sie mit Töpfen und Geschirr hantieren.

»Wir brauchen jemanden, der uns hilft, unsere Reichweite zu vergrößern.«

Ich fange mit irgendetwas über LTE und 4G an, aber die Oma schüttelt den Kopf.

»Was, nein, das Netz ist gut, es geht mir um Follower:innen, wir brauchen mehr, das Dreifache mindestens. Kitty hat das alles ausgerechnet.«

Mein irritiertes Gesicht löst Ungeduld aus, wieder schreit sie nach ihrer Enkelin. Kitty kommt zurück, stellt ein Tablett mit einer Tasse und einer kleinen Kanne hinter sich ab. Dann entsperrt sie auf ein Winken hin das Handy der Oma, dreht mir das Display zu. Von einem kleinen Profilbild, von unzähligen rechteckigen Kacheln, leuchtet uns das weiße Gesicht der Großmutter entgegen, komplett mit den Leuchtringen auf den Brillengläsern, vor dem Hintergrund aus Pyramiden und Planeten. Kittys Finger streicht nach oben, Reels reihen sich an Reels, immer sieht man die Oma, immer in derselben Aufmachung, in der sie hier vor uns sitzt.

Zu meiner Überraschung folgen dem Account, der unter dem Namen Mme Future läuft, nahezu vierzigtausend Profile. »Wir laden jeden Tag eine Prognose hoch«, erklärt Kitty flüsternd. »Plus Einzellesungen. Seit wir den Account vor einem halben Jahr gestartet haben, sind die Zahlen immer nur nach oben gegangen, aber jetzt passiert seit Wochen nichts mehr, kein Wachstum. Wir wissen nicht, woran es liegt, am Algorithmus vielleicht?«

»Und wir verlieren Leute! Gestern waren es noch fast hundert mehr.«

Alle drei, die Oma, Kitty und die Katze, sehen mich erwartungsvoll an. Ich habe noch nicht verstanden, was überhaupt der Content ist, den die beiden kreieren, was es mit den erwähnten Prognosen und Einzellesungen auf sich hat.

»Wir brauchen stabil über hunderttausend, dann kommen wir aus«, setzt Kitty nach.

Ich nicke langsam. Der Blick der Oma liegt jetzt forschend auf meinem Gesicht, sie hebt die linke Hand. Sofort schleicht sich die Katze darunter, schnurrt unter den kraulenden Fingern, weiß und zufrieden leuchtet sie im Scheinwerferlicht.

»Ich habe keine Ahnung von solchen Sachen«, sage ich entschuldigend und denke an die knapp siebzig Menschen, die mir selbst auf Instagram folgen. Wir schweigen, nur die Geräusche der Katze und das Surren der grellen Lampe füllen den Wagen. Die Oma, oder das, was ich von ihrem Gesicht sehen kann, sieht unzufrieden aus. Sie streichelt noch eine Weile schweigend den Katzenkopf, dann richtet sie sich plötzlich auf und wedelt mit ihrer Hand in Kittys Richtung, die sich sofort umdreht, Tee eingießt und der Großmutter eine halb volle dampfende Tasse reicht. Dünnes Porzellan, das mit einem blauen Muster bedruckt ist. Die Oma justiert ihre Position, beugt sich dann nach vorn, so nah über die Flüssigkeit, dass ihre Brille beschlägt. Sie schwenkt den Tee unter ihrer Nase hin und her, macht dabei schmatzende Geräusche mit dem Mund. Kitty und die Katze sehen ihr gespannt zu, und ich warte. Dann gibt die Großmutter, ohne zu trinken, die Tasse zurück, sinkt in ihre Kissen, legt die Hand zurück auf das Tier in ihrem Schoß. Die beschlagenen Brillengläser lassen sie noch entrückter aussehen als zuvor.

»Ich weiß jetzt, wer du bist«, sagt sie schließlich aus den Tiefen ihrer Kissen. »Ich weiß Dinge über dich und deine Schwester.«

Ich starre sie an. Ich versuche, ihr Gesicht zu erkennen. Hat sie damals schon auf dem Platz gelebt? Erinnert sich diese Frau an uns, an Oda, die Mutter und mich?

Weißt du noch, dass es sie gab?
Die Mutter, immer die Mutter, die ihre Fragen in mich gegraben, aber keine Antworten hinterlassen hat.

Hinter der Brille spüre ich Mme Futures Blick. Eine Ironie, dieser Name, wo doch die Vergangenheit ist, was ich suche. Sie sieht zufrieden aus, hat etwas in die Waagschale gelegt, das unsere Begegnung zu einem gegenseitigen Wollen macht.

»Haben wir einen Deal?«
Aus irgendeinem Grund glaubt sie, dass sie durch mich ihre Reichweite verdreifachen kann, dass sie dann »auskommen werden«, was immer das bedeutet.

Auf den Brillengläsern sammelt sich das Teekondensat in kleinen Spuren, läuft an ihnen nach unten. Von beiden, von Kitty und der Oma, geht eine Dringlichkeit aus, und was immer es ist, das sie da treiben, es scheint von großer Bedeutung für sie zu sein und lässt mich neugierig werden. Ich sage, dass ich wirklich kaum etwas weiß über diese Dinge, aber die Oma sagt, das sei egal, also nicke ich und schüttle ihre Hand. Sie liegt sehr zart in meiner, um ihre Finger spüre ich die schweren Ringe.

»Gut. Bueno. Ich bin müde. Wir müssen morgen weiterreden. Das war alles sehr anstrengend für mich.«

Kitty sieht auf die Uhr, reagiert sofort. »Du musst dich ausruhen, Omi.« Sie hebt die Bücher und das Stativ mit dem Scheinwerfer vom Bett, nimmt der Oma die Brille ab. Ohne bleibt nur ein mattes kleines Gesichtchen übrig, ein Körper, der tief unter der Decke kaum eine Form zu haben scheint. Die Katze steigt langsam über die Bettkante davon. Ich erkenne in Kittys Handgriffen die jahrelange Fürsorge, dieselbe Routine, die ich mit meiner Mutter hatte.

Mme Future leuchtet jetzt nicht mehr, sie sieht sehr blass aus. Ihre rechte Hand liegt dramatisch auf ihrer Stirn, als wäre sie eine Schauspielerin, die sich von einer anstrengenden Rolle erholen muss. Kitty legt ein Tuch über den Scheinwerfer, sodass der Wagen dunkel und rötlich um uns liegt. Sie schiebt das Tischchen mit dem Tee neben das Bett, offenbar wird dieser noch getrunken.

»Ich komm bald zurück. Schreib mir, wenn du was brauchst.« Aber die Oma scheint bereits zu schlafen.

Kitty und ich bewegen uns leise durch den dämmrigen Wagen, durch den Vorhang und den schmalen Türspalt ans Tageslicht.

Draußen sieht sie sich um, dann geht sie schnell voran, bedeutet mir wortlos, ihr zu folgen, über den Platz, in Richtung des Strands. Erst dort, außerhalb des Zauns, wendet sie sich um.

»Die anderen sollen das nicht mitbekommen. Was wir machen«, sagt sie.

»Wen meinst du?«, frage ich.

»Ach, meine Eltern, die anderen, die hier wohnen. Die wollen das nicht, mit dem Internet und so.«

Sie zuckt mit den Schultern, holt ihre Zigaretten raus.

»Meint deine Oma das ernst mit den hunderttausend Followern?«

Sie zündet sich eine an, nimmt den ersten Zug. Als sie antwortet, klingt ihr Ja, als stünde dahinter ein Fragezeichen, die Sorge, dass ich diese Zahl als unrealistisch erachten könnte. Die Art, in der sie mich ansieht, lässt mich denken, dass der Account, Mme Future, dass das ihr Plan ist. Dass es das ist, was Kitty am Vortag meinte, als sie sagte, sie arbeite an etwas. Wie um es mir zu beweisen, zieht sie einen kleinen Gegenstand aus ihrer Tasche, hält ihn kurz ins Licht, verstaut ihn dann wieder. Ein Lippenstift.

»Ich hab ein Postfach eingerichtet, für Kollaborationen, und das ist uns aus Barcelona zugeschickt worden, in vier Farben, einfach so, umsonst! Meine Oma muss den nur mal tragen, ich verlinke die Marke, und das wars.«

Ich verstehe diesen Anreiz völlig. Nur ist mir noch immer nicht klar, was die beiden da eigentlich genau machen, was ich in ihrem Wagen gesehen habe und noch weniger, wie ich bei diesem Projekt behilflich sein soll. Mir sitzt auch mein eigenes Wollen in den Knochen, mein Interesse an dem, was die alte Frau weiß oder zu wissen glaubt.

Auf dem Rückweg zum Hotel winkt mir einer der Surfer zu, der gerade aus dem Wasser kommt. Erst auf den zweiten Blick erkenne ich Marlène im Gegenlicht.

»Hast du keine Angst vor den Möwen?«, frage ich, als sie mich erreicht hat, aber sie lacht nur. Sie hat ihren Neoprenanzug zu den Hüften hintergerollt, und obwohl sie so schmal ist, sieht sie muskulös aus, wie eine Piratin. »Sind die Wellen gut?«

»Ja, deswegen bin ich so spät dran.«

Sie scheint trotzdem nicht in Eile, sondern fragt, wie es mir geht, woher ich komme. Ich erwähne den Campingplatz und sage ihr dann, dass ich dort aufgewachsen bin. Es gibt bei ihr immer diesen kleinen Moment, bevor sie auf das von mir Gesagte reagiert, immer diese kleine Pause, die ein bisschen zu lang ist, was dazu führt, dass ich mehr sage und mehr, bis sie mich stoppt. Ich sehe an ihrem Halblächeln, dass sie es merkt.

»Oh, echt?«, sie wechselt ins Französische und lacht über meinen Versuch, ihr zu antworten. »Französisch kannst du aber nicht, ja?«, fragt sie wieder auf Englisch. »Wie alt warst du, als ihr hier weg seid?«

»Sieben.«

»Und wie alt, Zoey, bist du inzwischen?«

Kurz überlege ich, sie raten zu lassen, aber es kommt mir albern vor. Sie nickt, siebenundzwanzig. Sieht mich an. Dann fragt sie noch einmal, wie es mir geht, und sie meint damit das Ganze, den Tod der Mutter, die Trauer, die Wellen, die in mir ansteigen, sich nicht kontrollieren lassen.

»Ich versuche irgendwie, nicht zu ertrinken.«

Marlène hat ihr Surfbrett abgestellt. Aus dem Neopren laufen dünne Spuren Meerwasser über ihre nackten Füße in den Sand. »Als mein Vater gestorben ist, konnte ich mich kaum noch bewegen. Ich dachte ständig, ich muss trainieren, ich dachte, das würde helfen, aber eigentlich hätte ich Ruhe gebraucht.«

Ich sage ihr, dass das Ausruhen in den fünf Phasen der Trauer nicht vorkommt, und sie lacht.

Schatten zucken über den Sand, wir blicken nach oben. Die Möwen fliegen tief, näher an der Wasserkante als ich von den Bewegungen auf dem Strand hätte ablesen können. Sie rufen ihr Möwengeschrei mit riesigen Schnäbeln.

»Vielleicht müssten die sich auch mal ausruhen.«

Kurz greift Marlène mit ihrer kalten Hand an meine Schulter. Sie kommt mir dabei wie ein Meerwesen vor, mit ihrem langen, salzigen Haar. Ihre Haut ist kalt, aber es ist eine andere Kälte als die, die ich von der Mutter kenne. Sie kommt nicht von innen, liegt nur auf der Oberfläche.

»Isst du heute wieder unten im Speisesaal?«

Ich nicke, und als wir uns verabschieden, tun wir das in dem Wissen, dass wir uns wenig später im Hotel wiedersehen werden.

Im kalten Sand warte ich auf den Sonnenuntergang. Das Meer schlägt in kurzen Flächen an den Strand, hinten kippen Himmel und Wasser ineinander, spiegeln sich, werfen sich ihr Licht gegenseitig zu, hinauf und hinunter, so, dass es wie eine Spur auf dem Meer liegt. Wieder denke ich an Tracey Emin. Tracey Emin, auf dem Steg vor Edvards Haus. In sich zusammengekauert, selbst wie ein Kind.

Ich denke an mich als Kind, das hier saß, vor diesem Meer. Im Dunkel, unter dem Himmel, der endlos war. Ein Himmelszelt, ein Mantel. Und die

Mutter, die versucht hat, uns vor der Welt zu verbergen, als wären die Sterne Augen. Oder die versucht hat, die Welt vor uns zu verbergen. Die fluoreszierende Plastiksterne an die Wagendecke klebte, über unserer Matratze einen künstlichen Himmel schuf. Die dachte, wir wären in Sicherheit an diesem Ort. Die dachte, Oda wäre sicher mit mir.

Aber ich warf meinen Schatten auf diese Kulisse wie Jim Carrey am Ende der *Truman Show*, immer tastend, immer eine Tür in der hellblauen Kuppel suchend.

Irgendwann muss die Mutter damals zurückgekommen sein, und ich schwieg darüber, dass ich Oda mit mir in den Wald genommen hatte. Ich erzählte ihr nie davon, nie von dem Häuschen, nie von den Männern.

Ich weiß jetzt, wer du bist. Ich weiß Dinge über dich und deine Schwester.

Ich ziehe mein Handy heraus und suche Mme Future auf Instagram. Dort ist sie, weiß leuchtend vor ihrer Airbrush Galaxy, ein Geist mit einer roten Brille. Soweit ich es überblicken kann, ist das Ganze eine Art Wahrsage-Account. Jedes Reel folgt demselben Muster: Mme Future grüßt ihre Gefolgschaft und plaudert kurz über sich, wobei sie nie den Campingplatz erwähnt, nie Kitty, nie die Umstände, unter denen sie leben. Meistens geht es darum, ob etwas schmerzt, wie das Wetter sich auf ihr

Wohlbefinden auswirkt, wie sie geschlafen hat. Zu meiner Überraschung verstecken sich in den Videos teils klare politische Stellungnahmen. Hier der Aufruf, sich den weltweiten Klimaprotesten anzuschließen, ein paar Tage später erinnert sie an die Opfer eines rassistischen Anschlags, die Woche darauf kommt ein kurzer Exkurs über die mangelhafte Rechtslage lesbischer Paare mit Kindern. In den Videos klingt das Ganze schon nach einer klaren Haltung, aber vor allem in den Kommentaren darunter bekomme ich das Gefühl, dass Mme Future mit ihrem Account irgendeine subversive Form politischer Bildung betreibt. Sie beantwortet jede Rückmeldung, sie lässt sich auf lange Diskussionen ein, sie macht nie zu, egal, wie unsachlich ihr begegnet wird. Sie fragt nach, sie bringt ihre Argumente vor, verweist auf Studien und Artikel.

Ich scrolle und scrolle, sehe sie in ihrem Bett sitzen, die Katze schleicht sich leuchtend auf ihren Schoß, unter ihre Hand.

Auf ein Winken hin wird Mme Future aus dem Off eine Teetasse gereicht. Ich erkenne Kittys Finger im Licht, die langen pinkfarbenen Nägel. Wie ein Vogel legt sich der große Schatten über die Wand und das Gesicht der Oma, zieht sich dann schnell aus dem Bild zurück.

Was sich auf die immer selbe Art wiederholt, ist das Ritual, dem ich selbst im Wagen beigewohnt habe. Mme Future krümmt sich nach vorn, nah über die heiße Flüssigkeit, ihr Oberkopf ein weißes Rund im Screen, ein weiterer Planet vor der Konstellation in ihrem Rücken. Sie schwenkt den Tee, sie schmatzt, das geht mal länger, mal kürzer. Schließlich sinkt sie in die goldenen Kissen, und die Tasse wird ihr aus der Hand genommen. Ihre Augen, blind hinter dem nebligen Kondensat auf den Brillengläsern, hinter den reflektierten Kreisen der Lampe. Nach einer kurzen Pause gibt es dann die Prognose für den Tag, immer auf Englisch. Meistens handelt es sich dabei um Prophezeiungen wie aus einer Astrologie-App, nur dass ihre Visionen alle gleichermaßen betreffen, die ihre Videos sehen. Die, die sie am heute Vormittag hochgeladen hat, lautet:

»Es tut mir leid, aber heute liegt etwas Gieriges in der Luft. Haltet fest, was eures ist, und lasst euch nichts wegnehmen. Es ist ein Kampftag, was soll ich euch anderes sagen, aber auch der geht vorbei.«

Sie reckt halbherzig die Faust. Unter der milchigen Brille zieht sich der Mund in die Breite, Mme Future zeigt vergnügt ihre kleinen Zähne. Der kapitalistisch-düstere Ausblick hat offenbar keinerlei negativen Effekt auf ihre Laune. Sie öffnet die erhobene Hand zum Gruß, ich sehe die Ringe an ihren Finger funkeln. »Es ist, wie es ist. Passt auf euch auf. Au revoir, au revoir, nicht vergessen, ich biete auch individuelle Beratungsgespräche an, schreibt mir hier oder eine E-Mail.«

Dazu buchstabiert sie die Adresse, und ich erfahre ihren echten Namen: Claudia Meyer. Dann erlischt das weiße Gesicht langsam, und das Video bricht ab. Ich vermute, dass Kitty im Hintergrund die Lampe herunterdreht, das Handy bedient. Ich frage mich, welche Art von individueller Beratung es ist, die sie anbietet.

Ich scrolle mich zum Todestag der Mutter. Mme Future hatte schlecht geschlafen in dieser Nacht und sah erschöpft aus. Grau hinter ihrer Brille. Als sie sich über ihre Teetasse beugte, war die Mutter schon tot. Als sie danach mit beschlagenen Brillengläsern in ihre Kissen sank, lag die Mutter noch in ihrem Bett.

Am Todestag der Mutter hatte Mme Futures Prophezeiung einen mystischen Einschlag: »Heute müsst ihr euch vor den Sirenen hüten. Aggressive Wesen sind das, halb Mensch, halb Vogel. Sie sind unberechenbar. Sie stehen für Freiheit, aber manchmal auch einfach nur für Verlust. Hütet euch vor ihnen oder umarmt sie. Beides geht. Mehr kann ich nicht dazu sagen.«

Freiheit.
Verlust.

Der erloschene Körper der Mutter und auf dem Nachttisch der blühende Zweig. Die Fliegen.

Ich kenne die griechische Mythologie ausreichend, um zu wissen, dass sich die Sirenen, nach-

dem sie an Odysseus oder den Argonauten ge-
scheitert waren, ins Meer gestürzt, sich auf diese
Weise ertränkt haben.

Halb Mensch. Halb Vogel. Ich denke an die
Möwen über dem Meer.

Trauer, die in Wellen kommt.

Mme Futures Videos haben etwas seltsam Unvor-
hersehbares, obwohl sie immer derselben Choreo-
grafie folgen. Es gibt etwas, das ihre Praxis glaub-
haft macht, aber ich kann nicht definieren, was
genau es ist. Vielleicht die Nahbarkeit, mit der sie
über ihre eigenen Probleme spricht, oder ihre
Ernsthaftigkeit, die manchmal durchscheint, zwischen ihren Scherzen, ihrem Lachen. Die exakten,
immer gleichen Abläufe des Rituals, die dem Ganzen den Anstrich einer gewissen Wissenschaftlich-
keit geben.

Ich denke an den Nachmittag zurück. Was waren ihre Worte gewesen? *Ich weiß jetzt, wer du bist.
Ich weiß Dinge über dich und deine Schwester.*

Ich googele den Namen, den sie genannt hat.
Claudia Meyer. Zu meiner Überraschung werde
ich nach wenigen Klicks fündig. Eine deutsche
Regionalzeitung hat 2000 ein Interview mit ihr
geführt. Auf dem kleinen Foto, das dort abge-
druckt war, trägt sie noch nicht die auffällige Brille,
aber das Haar hatte sie im selben Rotton gefärbt.
Claudia Meyer, Frankfurt am Main. Promovierte

Juristin mit Schwerpunkt Familienrecht. In dem Interview äußert sie sich zur Lage in Frauenhäusern, zu Fragen von Sorge- und Aufenthaltsbestimmungsrecht und beschreibt, wie sie eine der ersten kostenlosen Beratungsstellen für Opfer häuslicher Gewalt gegründet hat.

Ich frage mich, wie aus Claudia Meyer Mme Future wurde. Wie sie hier gelandet ist, auf dem Campingplatz, mit einer Enkelin und vierzigtausend Followern.

Wie kamen die beiden darauf, einen Account mit Teelesungen zu starten? Und woher weiß sie von Oda und mir? Ich habe Kitty gegenüber nur mein Aufwachsen auf dem Platz erwähnt, kein Wort von Oda. Vielleicht habe ich tatsächlich jemanden gefunden, der sich an uns erinnert. Eine ehemalige Juristin, die jetzt versucht, sich eine Existenz als virales Teeorakel aufzubauen.

Ein Anruf von Ari unterbricht meine Recherche. Sie teilt mir mit, dass der Termin für die Einäscherung der Mutter in fünf Tagen angesetzt ist, um dreizehn Uhr.

»Wo ist sie denn bis dahin?«, frage ich und klinge dabei wie ein Kind.

»Moment.« Ich höre ihr Tippen auf dem Screen. »Das Krematorium ist in Mimizan. Ich weiß nicht, ob sie bis dahin dort gelagert wird, aber ich kann das herausfinden.«

Ich stelle mir die Mutter in einer metallenen Lade vor. Hält sie noch immer den Zweig? Es kommt mir ewig her vor, dass ich ihn für sie im Innenhof abgebrochen, ihn in die kleine Vase an ihrem Bett gestellt habe.

In meiner Vorstellung trage ich die Urne der Mutter über den Strand. Ich schütte ihre Asche in den Wind, in dieses weiße Licht über dem Meer.

Ich denke an die Sirenen, daran, dass ihre Körper nach ihrem Tod zu Inseln wurden, zu Klippen. Das ist, was ich für die Mutter will, die Ewigkeit einer Insel, umgeben von spiegelndem Licht.

9

Ich renne am Strand entlang. Die Nacht liegt wie frischer Schnee über dem Meer, kühl und glatt, und ich bin allein in dieser Weite. Alles in mir bewegt sich, unter dem Himmel, den Sternen. Ich renne und renne, folge dabei dieser weißen rauschenden Wasserkante, renne, renne, bis ich nur noch Körper bin, nur noch Luft, die hinein und hinaus muss, nur noch Beine, die ich hebe und in den Sand stemme. Ich renne, bis der Ort hinter der Düne verschwindet, bis nur noch der Mond alles beleuchtet, der Mond und diese Unendlichkeit an Sternen, die ich von früher noch kenne. Weit weg, hinten, wo die Welt sich rundet, ziehen Schiffe über den Atlantik. Wind drängt von dort zum Land, zu mir.

Ich renne, renne, renne.

Renne unter den Sternen, dieser Endlosigkeit, und denke, dass das Wort *space* alles auf einmal bedeutet: Weltall, Abstand, Platz, Lücke. Alles und nichts.

Ich denke daran, wie Ari gesagt hat, dass Raum entstehen kann, wo Leere ist, und dann denke ich an das Intro von *Raumschiff Enterprise – Das nächste Jahrhundert*, in der Stimme von Harald Dietl: »Der Weltraum. Unendliche Weiten.«

Die Mutter auf dem Sofa, und ich sitze auf dem Teppich. Unsere Weite ist der Bildschirm. *Raumschiff Enterprise. Gilmore Girls. Aktenzeichen XY*. An Weihnachten *Sissi* Teil eins, zwei und drei.

Ich renne und renne. Ich denke an Sandra Bullock am Ende von *Gravity*, an ihr Davontreiben, an ihre absolute Einsamkeit in dem geräuschlosen Vakuum des Alls – Sandras Körper über mir, Leonardos Körper in der Tiefe des Atlantiks zu meiner Rechten. Oda, im Wald hinter dem Campingplatz, die Mutter, unter meinen Händen.

Odas kleine Form ist immer in meinen Augenwinkeln, immer am Rand, da wo mein Sichtfeld endet, mein Leben lang schon, blau und glänzend. Jetzt gesellt sich die Mutter dazu. Ich weiß, wenn ich mich drehe, sind sie verschwunden, als würde ich versuchen, mich an einen Traum zu erinnern.

Sie entgleiten mir, sie schärfen sich nicht mehr in meinem Blick.

Ich habe geschlafen.

Ich habe geschlafen, und als ich aufgewacht bin, war sie fort.

Das war, was ich wiederholte und wiederholte, zur Mutter, zu den anderen auf dem Platz. Und niemand zweifelte mich an. Jemand war eingedrungen, jemand hatte Oda geraubt. Das war die neue Wahrheit, und bis heute weiß ich nicht, was damals wirklich passiert ist.

Im Dunkel, auf der Höhe des Hotels, erkenne ich wieder die Gestalt am Saum des Wassers. Ich höre das Schlagen der Peitsche. Gischt spritzt, im Mondlicht bleibt eine Kerbe im silbernen Sand.

Als ich nass geschwitzt zurückkomme, steht Marlène hinter der Bar. Sie nickt mir zu, ein halbes Lächeln im Gesicht. Der Speisesaal ist schon fast leer, die freien Tische bereits abgedeckt. Sie fragt mich, ob ich hungrig bin, bietet an, etwas für mich beiseitezustellen, die Küche schließt bereits.

Als ich geduscht wieder nach unten komme, sind wir allein. Der Speisesaal ist jetzt dunkel, eine Verlassenheit liegt über allem, das Gefühl, als würden alle außer uns beiden schlafen. Ich empfinde eine alte Erleichterung, immer noch die körperliche Erinnerung an den Schlaf der Mutter, an dieses Aufatmen, wenn es da endlich etwas Raum gab, in dem ich mich allein bewegen konnte.

Auf dem Tresen steht ein Teller mit Garnelen, dazu Brot. »Etwas Neues heute«, sagt sie und lacht mir zu.

Ich bin anfangs hilflos, aber Marlène zeigt mir, wie ich den kleinen Körper brechen muss, wie ich dann das Fleisch herausziehen kann, hellrot, krumm, süßlich und weich.

Wir sprechen über ihr Leben, während ich esse. Sie erzählt mir von ihrer Praxis als Tänzerin und Choreografin, von ihrem Bruder, der im Ort als Physiotherapeut angestellt ist, von ihrer Mutter, einer Grundschullehrerin. Ich mag, wie sie über diese Menschen spricht. Es liegt eine Wärme darin, eine selbstverständliche Fürsorge.

»Ich wollte eigentlich auch mal nach Berlin ziehen.« Sie lächelt mich kurz an. »Ich hätte da studieren können. Aber es war dann erst mal wichtig, dass ich hierbleibe.«

Sie spricht es nicht aus, aber ich weiß, was sie meint. Den Tod des Vaters. Ihren Bruder, ihre Mutter, an diesem Ort.

Während wir sprechen, reinigt sie die Kaffeemaschine, poliert Gläser, wischt den Tresen, all diese Handgriffe, die das Hotel für den nächsten Tag vorbereiten. Ich sehe ihr zu, wie sie den Auffangbehälter für den Kaffeesatz ausklopft, wie sie Müllsäcke schnürt und zum Hinterausgang bringt, wie sie die Fliesen mit Desinfektionsmittel besprüht und abreibt. Sie hat etwas extrem Ruhiges an sich, aber es gibt kein Zögern in ihren Bewegungen, jeder Griff ist präzise, genau bemessene Kraft. In diesem Zupacken erinnert sie mich an Ari, und ich denke, dass ich ihren Körper gern tanzen sehen würde, oder surfen, oder dass ich will, dass sie mich auf diese entschiedene Art anfasst.

»Darf ich etwas fragen?« Marlène wirft ihren Putzlappen in den Eimer und sieht plötzlich zu mir auf.

»Sicher.«

»Wieso schwimmst du immer nur da oben? Nicht im Meer?«

Ich sage, dass ich Angst vor den Möwen habe, und sie lacht.

»Vor denen bist du im Pool aber auch nicht sicher, das weißt du schon, oder?«

Ich könnte über die Angst der Mutter sprechen, über Strömungen, die einen Korridor in das Meer schlagen, einen schwimmenden Körper hinausziehen und nie mehr loslassen. Aber ich weiß, dass es nicht das ist, was mich abhält. Die Ängste der Mutter hatten immer die gegenteilige Wirkung auf mich.

»So wie ich schwimmen will, geht das nur im Pool.«

Und das stimmt. Ich mag es, von den Beckenrändern eingefasst zu sein, ich mag die Mathematik gerader Bahnen. Ich will wissen, wie viele Meter ich zurücklege, will meine Armschläge zählen. Ich mag es nicht, wenn Wellen meinen Körper heben und senken, wenn ich auf Kräfte reagieren muss, die unberechenbar und nicht meine eigenen sind.

Wieder diese kurze Pause, bevor sie reagiert.

»Also gibst du nicht so gern die Kontrolle ab.« Sie sagt es mit dem abwartenden Blick, den ich schon kenne, und lehnt sich dabei recht nah zu mir herüber. Plötzlich sieht sie mich sehr direkt an. Ich sehe ihre Zähne, die kleinen Härchen zwischen ihren Augenbrauen. Sie hat den Modus gewechselt, sieht mich immer noch an. Vorsichtig legt sie etwas ab, vor mir. Eine Frage, ein Angebot. Und ich denke, dass es die Lücke vor ihrer Antwort war, in der plötzlich dieser Subtext möglich wurde, in dem etwas Neues ausgelotet werden kann, zwischen uns.

Marlène schließt den Haupteingang ab. Es ist dunkel und einsam, und wir lachen darüber, dass sie alle anderen im Hotel eingesperrt hat, obwohl sie das jede Nacht tut.

»Das ist doch zu ihrer eigenen Sicherheit. Wenn jemand hier eindringt und die alle im Schlaf erstickt, dann soll das nicht meine Schuld sein.«

Ich erinnere mich noch Tage später an mein Lachen vor dem Eingang des dunklen Hotels. Es kommt mir so laut vor, so klar.

Marlène sagt, dass ich meine Schuhe ausziehen und unten an der Düne stehen lassen soll. Der Sand ist kalt unter meinen Füßen, und wir steigen hinauf, bis wir das Meer sehen. Ich greife nach ihrem Arm, falle fast und lache wieder, weil wir beide in Disteln oder auf hartes Schilfgras treten. Niemand ist am Strand zu sehen, die Person mit der Peitsche ist verschwunden. Wie kurz zuvor, als ich hier gelaufen bin, liegt das Land glatt und silbern unter dem Himmel, während das Meer mit weißen Säumen an sein Ufer schlägt. Wir legen uns eng zusammen, seltsam vertraut jetzt, und ich sage, dass ich schon mehrfach eine Person mit einer Peitsche hier beobachtet habe.

»Zoey, ich glaube, du hast eher jemanden gesehen, der mit einer Angel geübt hat.«

»Oh. Ja. Das macht mehr Sinn.«

Wir lachen wieder, und die Pausen sind jetzt leicht zwischen uns. Irgendwann sind unsere Gesichter im Dunkel so nah beisammen, dass es einfach wäre, sie zu küssen, aber ich warte. Ich warte und sage nichts mehr und sehe sie nur an. Ich denke daran, wie sie zuvor gesagt hat, dass ich es anscheinend nicht mag, die Kontrolle abzugeben, an die Eindeutigkeit, die darin gelegen hatte.

Es ist Jahre her, dass ich Sex hatte. Dass ich jemanden geküsst habe. Es überrascht mich, wie einfach alles ist, in diesem Moment. Wie klar. Ich sehe sie an und warte dieses aktive Warten, das genau anzeigt, worauf. Ich warte, bis sie sich über mich beugt und einen Finger auf meine Lippen legt. Ich öffne den Mund, berühre ihre Fingerspitze mit meiner Zunge, lecke langsam an ihrem Finger. Marlène bleibt eine Weile über mich gebeugt und schaut mich an dabei, und irgendwann küsst sie

mich, den Finger noch immer in meinem Mund.
Erst dann ziehe ich sie auf mich.

Als wir zum Hotel zurückgehen, weil uns kalt
wird, habe ich keine Vorstellung davon, wie viel
Zeit inzwischen vergangen ist. Ich vergesse meine
Schuhe an der Düne, gehe zurück, denke, sie sind
gestohlen worden, und finde sie dann doch.

»Zoey, das ist nicht Berlin hier.«

Wir lachen darüber und dann wieder über die
abgeschlossene Tür, wir küssen uns gegen das Glas,
gegen die Hauswand, gegen den Fahrstuhl. Ich lasse
sie mich dagegen drängen, und wir lachen. Dieses
Reagieren auf die Bewegungen, auf das Tempo
eines zweiten Körpers. Dieses sich Hingeben, in
die Führung der anderen, dieses Lernen, miteinander. Lange liegen zu bleiben und sie zu spüren. Mein
Gesicht unter ihrem und nur zu atmen, einfach zu
atmen, während unsere Körper so warm sind, so
beisammen, unsere Lippen aneinander.

Die Gedanken an die Mutter, ich kann sie klein-
halten in dieser Nacht. Sobald sie in mir aufsteigen,
sobald ich Marlènes Oberarme anfasse, aber an die
Knochen der Mutter in meiner Hand denke, an
ihren tiefgefrorenen Körper, der allein irgendwo
liegt, ihre Hand auf dem Bettlaken, die weiße Spur
auf dem zitternden Kinn, gibt es in mir eine Kraft,
die dagegen angeht.

Einmal hält Marlène inne, und ich weiß, dass sie
daran denkt, in welcher Situation ich mich befinde,

an meinen Verlust, an meine Trauer. Sie sieht mich an, fragt soft, ob das alles okay ist, ob es mir nicht zu viel ist, und ich lache, weil nichts könnte sich besser anfühlen. Ich will ganz hinein in diese Körperlichkeit, in dieses gemeinsame Fallen. Oben, im hellblauen Licht meines Zimmers, ist sie eine Schulter über mir, ein Nacken in meiner Hand, nass unter meinen Fingern, ihr langes Haar um uns wie ein Zelt. Wir lachen, lachen, lachen und atmen ineinander hinein.

Das hellblaue Licht, der Atlantik, Marlène, alles dreht sich um mich herum in dieser Nacht.

Die Performance, an der Ari arbeitet, kommt mir irgendwann dabei in den Sinn, die durchscheinenden Körper, die sie mir beschrieben hat, die Hände, die aus den Ärmeln kommen, die zeitweise das einzig Lebendige in diesem von Nebel gefüllten Raum zu sein scheinen. Hier, in meinem Zimmer, ist alles lebendig. Das ist die Fortsetzung dieses vergeblichen Tastens. Körper, die sich finden.

Es ist, als würde ich, mit meinem Laufen, mit meinem Schwimmen, mit dem ewigen, ewigen Drängen in mir, als würde ich endlich zur Ruhe kommen.

10

Bevor sie geht, trinken wir Wasser aus der Minibar und scrollen uns gemeinsam durch Mme Futures Instagram-Account. Ich erzähle von meinem Besuch auf dem Campingplatz, von der Teelesung, von »Ich weiß Dinge über dich und deine Schwester«.

Oda. Ich spreche von ihr, als wäre sie kaum noch eine Wunde, ich lasse die Mutter aus, meine Fragen und ihr Schweigen, den Abgrund, an dessen Kante unser Sofa stand.

Marlène streicht über mein Schlüsselbein, sie rechnet zurück. »Ich war neun damals«, sagt sie leise, und wie seltsam es ist, dass sie sich nicht daran erinnert. Es muss doch darüber berichtet worden sein. Sie sagt, Kinder, die vermisst werden, sind immer überall, es muss in der Schule und im ganzen Ort das große Thema gewesen sein. Wie damals, das Mädchen in Portugal, diese riesige Suchaktion. Ob ich mich daran erinnere?

Madeleine McCann. Sie war 2003 geboren, in dem Jahr, als Oda verschwand. 2007 war ihr Bett in der Ferienwohnung an der Algarve plötzlich leer, als die Eltern vom Abendessen kamen. Ich war zehn, und ihr Fall lief überall in den Nachrichten. Das muss gewesen sein, bevor ich den Vater nach Oda fragte, bevor ich das Foto von uns fand.

Als die Mutter und ich zum ersten Mal im Fernsehen einen Bericht darüber sahen, schlug mein Herz so stark, dass ich dachte, sie müsste es von außen sehen können. Die Nachrichten zeigten eine Landkarte, Portugal, Praia da Luz. Rundum, nachtschwarz, das Meer, der Atlantik. Hunderte suchten nach Maddie McCann, man sah ihre müden Gesichter im Fernsehen, ein ganzer Ort, der nicht wahrhaben wollte, dass dieses Kind nicht mehr war, wo es sein sollte. Madeleine McCann war nirgends und überall, und das war erst der Anfang. »So wird nach verlorenen Kindern gesucht.« Das war, was ich dachte. Mein Herzklopfen, meine nervösen Hände, mein Blick, der zur Mutter zog, zu ihrem unbewegten Gesicht. Sie starrte wie immer auf den Bildschirm, ohne jede Reaktion, als hätte nichts davon eine Wirkung auf sie. Alles an ihrer Haltung, an ihrem Gesicht sagte mir, dass sie nie ein Kind auf diese Art verloren haben konnte, und ich keine Schwester.

Ich verfolgte diesen Fall über Jahre. Jedes Update. Immer wieder gab es eine neue Spur, neue Techniken, neue Erkenntnisse. Aber Maddie wurde nie gefunden. Und obwohl ich mir sagte und sagte, dass nichts davon etwas mit mir zu tun hatte, mit dem Leben, das die Mutter und ich führten, ich hielt es trotzdem für ein Zeichen, dass Madeleine und Oda sich im Jahr 2003 berührten. Dass die eine auf die Welt kam, als die andere verschwand.

Erst später, als ich den Vater im KaDeWe nach Oda gefragt hatte, und dann, als ich dieses Foto von uns fand und endlich einen Beweis hatte, Oda und ich, mit den Füßen im Meer, golden im Sonnenschein, da fühlte ich eine diffuse Wut auf all diese Menschen, die nach diesem fremden Kind suchten, noch Jahre, Jahrzehnte nach ihrem Verschwinden, während niemand sich für Oda interessierte, für die Mutter und mich auf dem Sofa.

Ich denke an meinen Besuch bei der Polizeistation am Vortag, daran, dass kein Mensch dort von Oda wusste, und ich denke, ich muss so bald wie möglich mit Claudia Meyer sprechen. Sie ist der einzige Anhaltspunkt, den ich habe.

Um fünf Uhr, kurz bevor ihre Chefin unten aufschließt, verabschiedet sich Marlène von mir. Sie winkt von unten zu mir hoch, und ich stehe am Fenster und sehe ihr Auto davonfahren.

Es hat etwas Utopisches, dass eine Nacht wie diese mir passieren kann, zu diesem Zeitpunkt in meinem Leben. Eine kleine Insel in diesem Wogen aus Trauer und Vergangenheit. Ein kleiner warmer Strand, an den ich gespült wurde, an dem Marlène meine Hand gehalten und mich geküsst hat. Stunden, die von der Mutter und ihrem Tod, von Oda und allem anderen nicht angetastet werden konnten.

Ich liege im Bett, wieder allein. Draußen klärt sich der Himmel zu einem hellen Blau. Ich scrolle mich durch die sozialen Medien. Zu meiner Überraschung ist Mme Future schon wach, ich sehe den kleinen grünen Punkt neben ihrem Profilbild, stelle sie mir vor, in den goldenen Kissen, ihr silbernes Gesicht im Licht ihres Screens, die Luft im Bauwagen noch stickig und feucht von der Nacht. Ich schicke ihr eine Nachricht: »Wann wollen wir weitersprechen?«

Vielleicht sind die beiden schon bei der Arbeit, vielleicht laden sie bald ihre Prognose für den Tag hoch.

Unten höre ich eine Autotür schlagen, höre, wie der Transporter mit dem frischen Brot vorfährt. Irgendwann stehe ich auf und fahre mit dem Aufzug hinauf zum Pool, schwimme durch das nachtkalte Chlorwasser, zähle dabei jede Bahn, jeden Zug.

Danach lehne ich an der Brüstung und blicke auf das Meer. Von hier oben fühlt es sich an, als wäre ich auf einer Höhe mit dem Horizont. Das Fahrzeug der Strandwache fährt langsam in den Süden davon, von Mast zu Mast, um grüne Flaggen zu

hissen. Ansonsten ist der Strand noch leer. Der Atlantik liegt ruhig da, glatt unter dem wolkenlosen
Himmel, in dem die Sonne bisher nur ein diffuses
weißes Leuchten ist, das bald über den Ort steigen
wird. Ich wünsche mir, dass Momente wie dieser
die Tiefen in mir auffüllen, dass die Abwesenheit
der Mutter und Odas, dass all meine Abgründe mit
nichts angefüllt werden als mit körperlicher Erschöpfung und dieser milchigen Sonne.

Auf dem Strand sehe ich sie erst als Form, die sich
langsam nähert, die mit einem Gehstock gegen
den Wind anmarschiert. Sie ist kaum zu erkennen,
aber ich weiß sofort, dass Mme Future sich auf den
Weg zum Hotel gemacht hat, zu mir. Sie sieht ge-
spenstisch aus, gespenstischer, je näher sie kommt.
Ein weißer Umhang, ein Tuch, eine Fülle aus weißem Stoff bauscht sich hinter ihr im Wind. Nur die
rote Brille setzt sich davon ab, macht sie zu einem
geisterhaften Insekt, das zielstrebig über den Sand
kriecht.

Als ich geduscht nach unten komme, wartet sie im
Speisesaal auf mich, in derselben Nische, in der ich
mit Kitty gesessen habe, und winkt mir ausladend
zu, als müsste sie auf sich aufmerksam machen, dabei gehe ich bereits direkt auf sie zu. Dann zieht sie
mich in eine wackelige Umarmung hinunter, küsst
dreimal neben meinen Ohren in die Luft.

»Ich habe deine Nachricht erhalten.«

Ich setze mich ihr gegenüber, merke, dass ich sie sofort auf Anzeichen körperlicher Schwäche abscanne, dass ich sofort überlege, ob sie genug getrunken hat, ob der Weg über den Strand nicht zu viel für sie war. Ich habe sie noch nicht abgelegt, die Rolle der Pflegenden.

Claudia Meyer sitzt kerzengerade am Tisch. Sie wirkt bester Dinge. Sie fragt, ob ich die Tagesprognose schon gesehen habe, schiebt dann gleich hinterher: »Ach, vielleicht hat Kitty sie auch noch nicht hochgeladen. Na ja, es ist jedenfalls ein guter Tag für neue Strategien. Ich habe mich sofort auf den Weg gemacht.«

Der Kellner der Frühschicht kommt an unseren Tisch, und wir bestellen Kaffee und Croissants, zur Sicherheit bitte ich noch um eine Flasche Wasser und zwei Gläser. Dann stützt sich Mme Future auf den Tisch, atmet tief ein und sieht mich erwartungsvoll durch ihre großen Brillengläser an.

»Ich habe mir deinen Account angeschaut. Mir ist vollkommen klar, dass du kein Profi bist, wenn es um soziale Medien geht, keine Angst.« Sie lacht. »Was ich will, ist ein dritter Kopf. Jemanden, mit dem ich über das Projekt reden kann, neben Kitty, jemand, der einen frischen Blick auf die Sache wirft und vielleicht Ideen hat, die wir nicht haben.«

Ich weiß Dinge über dich und deine Schwester.
Ein dritter Kopf.

Ich frage mich, ob diese Aussagen Zufälle sein können oder ob Mme Future tatsächlich eine seltsame Gabe hat, ob sie in Situationen, in Menschen, hineinblicken kann.

»Ist denn was dran, an diesen Teelesungen?«

Sie lacht auf, und ich sehe ihre kleinen Zähne dabei. »Ich bin fast achtzig Jahre alt, Zoey Weiß. An allem, was ich sage, ist etwas dran. Ich habe gar keine Zeit für anderes.« Aber dabei lacht sie noch immer, und ich weiß nicht, was ich davon halten soll. »Hast du schon einmal von der Mind-Control-Methode von José Silva gehört? Das ist eine spannende Sache. Die Menschen können immer mehr erahnen, als sie glauben. Man braucht nur ein bisschen Übung, man muss nur offen dafür sein.«

Sie hebt die Augenbrauen und tippt sich mit dem Zeigefinger an die Stirn. Ich habe keine Ahnung, ob sie einen Scherz macht oder ob sie tatsächlich daran glaubt, dass sie auf eine Art das Hellsehen gelernt hat.

»Das musst du dir mal ansehen, das findest du über Google! José Silva Mind-Control-Methode. Das gibst du da ein«, sagt sie, als würde das all meine Fragen beantworten. Der Kellner bringt uns den Kaffee und die Croissants, und eine Weile konzentriert sich Claudia Meyer völlig auf den Verzehr davon. Dann lehnt sie sich zufrieden zurück.

»Du fragst dich vielleicht, wozu das Ganze, und

die kurze Erklärung ist folgende: Ich bin hierhergezogen, als Kitty sechs war. Das war vor zehn Jahren. Damals war ich noch allein in meinem Wagen, inzwischen wohnt sie bei mir, da hat sie mehr Platz und ich etwas Hilfe. Kitty ist die Tochter meiner Tochter, meine Enkelin, das sagte ich vielleicht schon. Sie ist ein cleverer Typ, der was will vom Leben, und meine Tochter und mein Schwiegersohn verbauen ihr leider komplett die Zukunft. Sie lassen sie nicht in die Schule, sie lassen sie nicht ins Internet und so weiter. Sie meinen es gut damit, aber ich halte das alles für völligen Wahnsinn in der heutigen Zeit. Ich will meiner Enkelin zumindest eine andere Option bieten.«

Mme Future bestellt laut rufend ein zweites Croissant und hält dann resigniert die Handflächen nach oben. Offenbar hat sie nicht vor, in die Details gehen, wenn es um Kittys Eltern geht.

»Mein Ziel ist es, dass Kitty, wenn sie volljährig ist, frei ist. Wenn sie hierbleiben will, von mir aus, aber wenn sie wegwill, dann soll ihr das möglich sein. Ich will etwas aufbauen, das sie unabhängig macht. Mit dem sie sich auf Jobs bewerben kann. Sie ist schlau, aber sie hat keinen Schulabschluss. Ich denke, dass ein Account mit einer großen Reichweite ihr helfen kann, oder nicht?«

Ich nicke.

»Meinen Sie, dass der Account so etwas wie eine Referenz für sie sein kann?«

»Exactly!«

»Aber das Ganze steht und fällt doch mit Ihnen. Und irgendwie —« Ich will sagen, dass der Inhalt des Accounts auch eher nischig ist, dass es nicht unbedingt viele Jobs gibt, bei denen der Verweis auf einen Hintergrund im Wahrsagegeschäft hilfreich ist, aber sie unterbricht mich.

»Ich weiß, das ist alles etwas schwierig. Meine Gratwanderung ist es, mit Kitty an etwas zu arbeiten, das sie interessiert und das gleichzeitig Raum gibt, für Austausch. Gesellschaftlichen Diskurs. Wir machen die Einzelsitzungen, das sind quasi Beratungsgespräche. Es wäre natürlich besser, wenn Kitty das Gesicht des Accounts wäre, wenn sie das ganze Projekt allein weiterverfolgen könnte, aber das, was wir machen, ist die Lösung, auf die ich gekommen bin. Sie managt das Ganze, sie hat sich das Konzept überlegt, sie hat die Zahlen im Blick. Sie lernt Englisch, lernt etwas über die freie Wirtschaft, über die Gesellschaft, über digitale Medien und so weiter. Projektbasiertes Lernen ist das, es hat einen hohen Motivationsanreiz.«

Es geht also um Kitty. Der ganze Account ist eine Bildungsmaßnahme, eine Mitgift. Ich denke an das, was ich über Claudia Meyer im Internet gelesen habe, und alles ergibt jetzt auf eine leicht verquere Weise Sinn für mich. Claudia Meyer hat zu viele Menschen in Abhängigkeiten gesehen, und der Account, die Arbeit daran, soll ihrer Enkelin etwas beibringen, soll sie schützen.

Ich frage nach den Einzelsitzungen, und sie hebt die Schultern.

»Ich war lange Jahre in der Juristerei tätig«, sagt sie. »Und Menschen in Krisen suchen immer nach Antworten, nach guidance. Egal wo, egal von wem, die greifen nach dem dünnsten Grashalm. Ich denke mir, die Leute müssen schon arg verzweifelt sein, wenn die sich mit ihren Fragen an mich alte Teeleserin wenden.« Sie lacht auf. »Ich bin dabei keineswegs selbstlos, Zoey Weiß. Wer sich langweilt, stirbt. Und ich kann nicht aufhören, mich bei anderen einzumischen. Ich will immer meine Meinung an den Mensch bringen, man kann mir das nicht austreiben.«

Auf meine Frage, wie die Einzelsitzungen ablaufen, schüttelt sie vage den Kopf, sagt, dass es auf die Fragenden ankommt. Manchen muss sie die ganze Zeit den spirituellen Überbau lassen, mit anderen kann sie praktisch sein.

»Das ist vielleicht die Hybris in mir«, sagt sie. »Aber ich gebe ganz guten Rat. Und ich will, dass Kitty diese Seite an mir sieht. Dass ich etwas gelernt habe durch mein Studium, dass ich anderen damit weiterhelfe.«

»Und ihre Tochter und der Schwiegersohn, die dürfen nichts davon wissen?«

»Exactement.« Claudia Meyer räuspert sich. »Die

beiden haben sehr eigene Vorstellungen von der Welt.«

Ihr Mund zieht sich zu einem Grinsen auseinander, wie ich es schon in manchen ihrer Videos gesehen habe, immer dann, wenn eine Prognose besonders düster war.

»Was soll man machen. Jeder hat seine eigene Wahrheit. Da kann man schlecht diskutieren. Nur für Kitty ist das nicht unbedingt dienlich, deshalb ist das der Punkt, wo ich mich einmische, verstehst du das, Zoey Weiß?«

Sie macht eine Pause, hustet in ein Taschentuch, nimmt dann einen Schluck aus ihrer Kaffeetasse. Kurz beugt sie sich nach vorn, über den Rest Café au Lait, der darin verblieben ist, schwenkt ihn herum, schmatzt. Dann sieht sie mich durch ihre große Brille an.

»Du suchst deine kleine Schwester. Ha! Das war ein Scherz. In Kaffee sieht man leider überhaupt nichts, nur den eigenen Tod.« Sie entschuldigt sich. »Kitty hat mir gesagt, dass du im blauen Wagen aufgewachsen bist. Das Alter passt auch, also habe ich das kombiniert.«

Claudia Meyer tippt sich wieder an die Stirn. Sie grinst jetzt nicht mehr, legt ihre Hand auf meine. Darunter merke ich, dass meine Finger ganz kalt geworden sind.

»Sie ist nie mehr aufgetaucht?«

Ich schüttle den Kopf, und eine Weile sitzen wir

nur so da, still. Meine Hand in ihrer. Ich habe das Gefühl, dass es da einen Raum für mich gibt, für meine Trauer, für meinen Schmerz. Und ich verstehe, dass es das ist, was Mme Future der Welt zu bieten hat.

Wir sprechen lange miteinander, an diesem Vormittag. Claudia Meyer sagt mir alles, was sie weiß. Sie sagt, dass damals nach Oda gesucht wurde, im Wald und am Strand. Ihre Tochter hätte ihr davon erzählt, sie selbst hätte damals noch in Frankfurt gelebt. Die Tochter und ihr Mann waren überzeugt, dass jemand in unseren Wagen eingedrungen war und eines der beiden Mädchen geraubt hatte, während das andere schlief. Jahre später noch, als Kitty ein Baby war, ein Kleinkind, ein Kind, immer noch hatte die Tochter, Carola, Angst um Kitty, Angst davor, dass ihnen dasselbe passieren könnte.

»Seitdem hatten sie immer einen Hund deshalb.« Claudia Meyer macht eine Pause. Dann sagt sie: »Ich weiß auch, dass ihr dann recht bald von hier weggezogen seid.«

Ich nicke. »Nach Berlin.«

»Nach Berlin«, wiederholt sie. Dann blickt sie eine Weile vor sich hin und schweigt.

»Darf ich offen sein?«

Ich nicke. Sie klingt jetzt nicht mehr wie Mme Future, all der verschrobene Charme einer alten

Wahrsagerin ist aus ihrer Stimme verschwunden. Sie klingt, wie ich sie mir vor Gericht vorstelle, im Schlagabtausch mit gegnerischen Parteien.

»Für mich hat das alles einen komischen Geschmack.« Sie hebt die Hände, sieht mich an und spitzt die Lippen. »Weißt du, dass deine Mutter damals nicht zur Polizei gegangen ist?«

Ich nicke.

»Hast du sie mal gefragt, warum?«

»Wir haben nie von Oda gesprochen.«

»Ihr habt nie von Oda gesprochen? Wie darf ich das verstehen?«

Ich versuche es zu erklären, das Schweigen der Mutter, ihre Existenz auf dem Sofa, meine Angst, sie mit Fragen noch tiefer in etwas zu stoßen, das sie so schon kaum zu ertragen schien. Als ich ihr sage, dass die Mutter kürzlich gestorben ist, stößt sie ein kurzes Ah aus und schlägt mit der Hand auf den Tisch.

»Das ist schlecht.«

»Was meinen Sie mit komischem Geschmack?«, frage ich, und sie wiegt den Kopf.

»Das sagt mir meine Lebenserfahrung«, sie sieht auf die Uhr. Es ist fast zehn. »Kommst du mit mir nach draußen?«

Wir ziehen auf die Hotelterrasse um. Es ist ein warmer Morgen, Claudia Meyer blickt zufrieden auf das Meer.

»Wie gesagt, ich lebe erst hier, seitdem Kitty

sechs ist. Davor habe ich eine Pro-bono-Beratungsstelle geleitet, da kamen meistens weiblich sozialisierte Menschen, die eine ganze Batterie an Problemen hatten. Ich habe Gerichtsprozesse gesehen, Mütter, die jahrelang in Gewaltehen geblieben sind, die in Städten festsaßen, in denen sie niemanden kannten, in Ländern, in denen ihre Ausbildungen nicht anerkannt waren, und so weiter und so fort. Frauen in den unmöglichsten Situationen. Und warum sind die meisten von ihnen in diesen Situationen geblieben? Weil sie sich nicht von ihren Kindern trennen konnten.«

Sie zündet sich eine Zigarette an, streckt mir die Schachtel hin, aber ich lehne ab. Sie spricht mit großer Entschiedenheit, und ich kann mir vorstellen, wie sie diesen Menschen damals beigestanden hat. Wie sie Rat gab und Paragrafen zitierte, wie sie statt an einem runden Plastiktisch hinter einem großen Schreibtisch saß und dort geraucht hat. Ich stelle sie mir in ihrem Bett vor, am Handy. Wie sie sich gerade aufrichtet, um zu verstehen, was ihr Gegenüber braucht. Wie sie unter dem Deckmantel von Mme Future weiterhin als Juristin Dr. Meyer agiert.

»Das ist leider, worüber die meisten Mütter – nicht alle, zum Glück, aber viele – sich kontrollieren lassen. Es ist einer der Gründe, warum das Patriarchat so lange bestehen bleiben kann, aber das führt uns jetzt zu weit weg. Viele Mütter opfern sich auf, sobald es um ihre Kinder geht, zumindest war das vor zwanzig Jahren so, vielleicht hat sich das inzwischen geändert, ich weiß es nicht. Aber Mütter sollten damals immer denken, dass sie eher sterben würden, als ihr eigenes Wohl als erste Priorität zu sehen, und wenn sie es nicht tun, dann sind sie Rabenmütter, und ihre Kinder hassen sie und werden geschädigt, und sie selber kommen dazu noch in die Hölle. Daran ist die Kirche schuld, und die Rechten haben das natürlich aufgegriffen, und das sind beides keine Ideologien, denen ich folge.«

Sie lacht wieder. Ich frage mich, inwiefern das auch mit ihrer Tochter zu tun hat, welcher Ideologie sie und ihr Mann folgen.

»Ich kann da etwas bemühen, das ich oft gesehen habe, wenn ich darf?«

Ich nicke.

»Wenn Eltern sich nicht einigen können, wo ein Kind leben soll, sagen wir, die Mutter will woandershin als der Vater, und das Ganze kommt vor Gericht, dann geht es da in erster Linie um das Kindeswohl. Da heißt es dann, beide Eltern sollen eine Bindung zum Kind haben, sprich: Alltag mit dem Kind. Der Richter oder die Richterin fragt die Mutter, die ja mit dem Kind weggehen will: ›Würden Sie auch ohne das Kind umziehen?‹ Und dann haben sie sie. Weil dann sagt eine Mutter in achtundneunzig Prozent der Fälle Nein. ›Nicht ohne mein Kind.‹ Verstehst du, was ich meine?«

Sie wartet keine Antwort ab, sondern drückt ihre Zigarette aus, kramt dann einen Turban aus ihrer Handtasche, weiß, passend zu ihrer restlichen Aufmachung, und setzt ihn sich auf.

»Gegen die Sonne. Ich meine, gerade Mütter machen allen möglichen Wahnsinn für ihre Kinder. Und damals, als deine Schwester weggekommen ist, da hat deine Mutter sich, gemessen an meiner Erfahrung, recht ungewöhnlich verhalten.«

Sie macht eine Pause und sieht mich an. Prüft, ob ich ihr noch folge. Dann fährt sie fort: »Was wäre das Normale gewesen? Alle Hebel in Bewegung zu setzen, um das Kind zurückzubekommen, oder nicht? Das Kind ist weg, es hätte sich verlaufen haben können, verschleppt sein können, ermordet, einer Sexualstraftat zum Opfer gefallen, Menschenhandel, Prostitution, irgendwo in einem Keller gefangen und so weiter. Das hätte sie doch alles ausschließen müssen, oder nicht?«

Ich nicke. Nichts von dem, was sie mir aufzählt, habe ich nicht selbst schon gedacht. Aber um die Mutter zu verstehen, muss man ihre Ängste mitdenken. Ämter, Instanzen, Schulmedizin, Medien. Sie hat allem misstraut.

»Deine Mutter ist nicht zur Polizei, sie hat ein paar Tage mit den anderen vom Campingplatz nach deiner Schwester gesucht, und dann seid ihr weg von hier. Das ergibt keinen Sinn für mich, nicht nach allem, was ich gesehen habe.«

Ich schüttle den Kopf. »Was meinen Sie damit? Was heißt das?«

Sie hebt die Schultern. »Ich kann es dir nicht sagen. Nur, dass es keinen Sinn für mich ergibt.« Sie zündet sich eine neue Zigarette an. Inhaliert tief. »Das ist die letzte für heute.«

Ich frage, ob ihre Tochter Carola und ihr Mann noch immer auf dem Platz leben, ob es möglich wäre, dass ich mit ihnen spreche. Sie nickt.

»Natürlich. Du darfst nur Kitty und mich dabei nicht verpfeifen.«

Wir sitzen noch eine Weile zusammen, blicken auf das Meer. Die Frau aus dem Nachbarhotel geht an der Terrasse vorbei, auf die Düne zu. Wieder habe ich das Gefühl, dass sie zu mir herübersieht. Die Sonne steht jetzt halb hoch über dem Ort und lässt das Wasser glitzern, wie immer treiben die Surfer dort in einer Linie, aber es sind weniger als an den Vortagen, vermutlich sind die Wellen an diesem Vormittag nicht hoch genug.

Ich frage, ob sie von der Möwenattacke gehört hat, und sie lacht.

»Die Natur ist unberechenbar.« Sie schiebt einen ihrer weiten weißen Ärmel nach oben und zeigt mir ihren rechten Unterarm. Dort hat sie eine Gestalt tätowiert, eine Art Vogel. »Ich habe mir das hier stechen lassen, bevor ich zu Kitty gezogen bin. Zu unserem Schutz. Man weiß nie, wozu es gut ist, hier am Wasser.« Sie wiegt den Kopf. Fährt mit den Fingern über die Linien. Mit ihrer dünnen Haut scheint das Wesen beweglich, als hätte es ein Eigenleben. »Das ist die ursprüngliche Darstellung einer Sirene, der Fischschwanz kam später.«

Ich betrachte das bärtige Gesicht, die weit ausladenden Flügel. Mme Future blickt weiter durch ihre Brille auf das Meer und in den Himmel.

»Wer weiß, womit dieser Surfer es verdient hatte.«

Kurz darauf begleite ich sie zurück zum Campingplatz. Wir gehen langsam über die Düne, Schritt für Schritt. Ich trage ihren Stock und ihre Tasche, halte ihren Arm, ihr Gewicht auf meiner Schulter, wie ich es mit der Mutter gemacht habe, bei unseren Gängen ins Badezimmer und zurück. Der Anstieg ist mühsam, und das Fortbewegen fordert Claudias ganze Kraft. Ich höre ihren sandigen Atem, spüre, wie sie ihr Gleichgewicht auf dem unebenen Grund nur schwer halten kann.

Wir schweigen, als wir, oben angekommen, eine Pause machen und sie tiefe Luftzüge nimmt. Die Sonne strahlt fast noch hochsommerlich auf uns hinunter, fast senkrecht jetzt, sodass unsere Schatten kurz vor uns im Sand liegen.

Ich denke an die vergangene Nacht zurück, an Marlène und mich dort unten, suche nach einer

Mulde im Sand, nach etwas, das dort von uns zurückgeblieben ist. Ich frage mich, ob sie eine der Formen im Wasser ist, ob sie an mich denkt.

»Ist da jemand von Interesse dabei, da draußen?« Claudia stößt ihr kehliges Lachen aus, anscheinend hat sie sich ausreichend erholt.

Ich lache auch. »Sie arbeitet im Hotel.«

»Na, das ist geschickt. Da schläfst du ja direkt an der Quelle.‹ Sie drückt meinen Arm, und wir gehen langsam zum Strand hinunter.

Ich frage sie, ob sie auch andere Plattformen neben Instagram nutzt, ob die Lesungen vielleicht auch auf TikTok funktionieren könnten. Ich denke, dass die Wirkung größer sein könnte, wenn Menschen die Videos zufällig in ihren Feed gespült bekommen würden, sodass die richtige Prophezeiung zur richtigen Zeit fast einen schicksalhaften Anstrich hätte. Sie nickt. Ja, in diese Richtung hätte Kitty bereits überlegt, das müssten sie mal ausprobieren.

Ich kann aus ihren Reaktionen nicht ablesen, ob sie die Prognosen selbst ernst nimmt oder nicht, aber ich merke, dass es mir Spaß macht, mit ihr darüber zu sprechen, dass sie mit großem Engagement versucht, vom Campingplatz aus, aus ihrem Bauwagen, Kitty eine Grundlage für ein anderes Leben aufzubauen.

»Kitty ist ehrgeizig.« Sie bleibt stehen, stützt sich auf, und ich bemerke, wie sie schwitzt. »Momentan gilt dieser Ehrgeiz den Hunderttausend. Sie will, dass wir Geld verdienen, sie will Produkte geschickt bekommen, Nägel und Sonnenbrillen, und das ist auch gut so, sie braucht ein Ziel. Nur vielleicht könnt ihr beide euch einmal treffen, vielleicht kannst du ihr von deinem Leben erzählen, davon, wie es ist, woanders zu leben, zu studieren und so weiter. Kunstgeschichte ist dein Steckenpferd, ja?«

Ich nicke, frage mich, aus welchem Post in meinem Account sie das herausgelesen hat.

»Kitty könnte die Nichtschüler:innenprüfung in Deutschland ablegen, das geht, das hab ich schon recherchiert. Sie kann immer noch alles machen, was sie will.«

Es rührt mich, mit welcher Mühe und Weitsicht diese Frau versucht, ihrer Enkelin Türen zu öffnen. Wie wenig sie dabei über die Entscheidungen der Eltern zu urteilen scheint. Sie will nur etwas addieren, etwas beisteuern, einem möglichen Versäumnis vorbeugen.

Als wir in die Nähe des Platzes kommen, bleibt sie stehen. Sie nimmt ihren Stock und ihre Tasche an sich. Offenbar will sie nicht, dass ich sie bis zu ihrem Wagen begleite.

»Ich denke mal darüber nach, wie du am besten an Carola und Tom herantrittst. Ich melde mich heute Nachmittag.«

Ich nicke, lasse Kitty schöne Grüße ausrichten.

»Ha, die wird schon halb verrückt sein vor Sorge um mich. Sie wird denken, dass ich aus dem Wagen geraubt wurde.« Sie lacht. Dann, schon als ich mich zum Gehen wende, sagt sie: »Vielleicht ist deine Schwester nicht so mysteriös verschwunden, wie alle denken. Es ergibt keinen Sinn, dass ein Kind verschwindet und die Mutter das einfach hinnimmt. Außer sie wusste irgendetwas.« Sie hebt die Schultern.

»Was meinen Sie damit?«

»Das ist nur eine Theorie. Hattet ihr denselben Vater, die Schwester und du?«

Ich schüttle den Kopf.

»Das könnte erklären, warum nur Oda genommen wurde. Warum nicht ihr beide. Was im Übrigen auch ein seltsamer Aspekt dieser Geschichte ist.«

Sie sieht mich an.

Ich denke an die Männer im Wald.

An das stumme lebenslange Leid der Mutter.

Weißt du noch, dass es sie gab?

Kann das eine andere Art der Trauer, der Reue gewesen sein?

»Sie denken, dass meine Mutter Oda freiwillig hergegeben hat?«

Claudia zuckt mit den Schultern. »Freiwillig ist so etwas nie.«

»Aber warum hätte sie das tun sollen?«

»Warum hätte sie nicht nach ihr suchen sollen,

warum hätte sie von hier weggehen sollen? Weißt du etwas über diesen anderen Vater, hattest du je Kontakt zu ihm?«

Ich merke, wie sie ihre Theorie mit ihren Erfahrungen begründet und wie es eine Hoffnung in mich pflanzt, gegen die ich mich nicht wehren kann. Oda. Kann es sein, dass sie noch lebt, irgendwo? Dass sie bei ihrem Vater aufgewachsen ist, ganz normal, in Sicherheit?

»Aber Sie haben doch gesagt, dass Mütter sich nicht so leicht von ihren Kindern trennen lassen. Warum hätte meine Mutter Oda hergeben sollen?«

Sie zieht die Augenbrauen nach oben, stützt sich schwer auf ihren Stock dabei. »Das weiß ich nicht. Aber wie gesagt, das Ganze hat für mich einfach einen komischen Geschmack.« Sie sieht in die Ferne, scheint nachzudenken.

Ich sehe, dass der Turban an den Rändern feucht ist, von ihrem Schweiß. »Ich glaube, Sie müssen sich langsam ausruhen. Wir können wann anders weitersprechen.«

Sie nickt. Dann setzt sie noch einmal an: »Eine letzte Sache noch. Du warst die Ältere, ja?«

Ich nicke.

»Bist du hier zur Schule gegangen, zur Vorschule?« Als ich verneine, wiegt sie den Kopf. »Die Pflicht für die Vorschule gilt hier erst seit 2019, theoretisch kann es also sein, dass deine Mutter dich zum Hausunterricht angemeldet hatte, non-scolarisation heißt das hier.« Sie sieht mich fragend an, aber ich habe noch nie davon gehört, schüttle den Kopf. Ich kam in Berlin in die Schule, nach unserem Umzug. Ich war immer ein Jahr älter als die anderen. Claudia nickt.

»Ein Leben, wie ihr es hier geführt habt, wie Kittys Eltern es führen, das kommt vor Gericht nicht gut an. Falls also jemand eurer Mutter den Prozess um das Sorgerecht hätte machen wollen, wären ihre Chancen nicht besonders gut gewesen.«

Dann beobachte ich sie, wie sie den Platz überquert. Ich warte, bis ich sie nicht mehr sehen kann. Sie sieht sehr zerbrechlich aus, hält mehrfach inne, geht dann quälend langsam weiter. Weiß leuchtet sie in der Mittagssonne, und ich denke an die Sirene auf ihrem Arm, an dieses seltsame bärtige Schutzwesen. Ich hätte sie früher zurückbringen müssen, denke ich und rechne nach, wie viel Wasser sie getrunken hat, wie viele Zigaretten sie geraucht hat.

Noch vom Strand aus rufe ich meinen Vater an.

»Die Anrufe häufen sich«, sagt er, und ich kann nicht einschätzen, ob das nur eine objektive Feststellung ist oder ob es bedeutet, dass ich mich künftig seltener melden soll.

»Ich wollte dich fragen, ob du etwas über Odas Vater weißt.«

Er schweigt. Ich bemerke, dass er das Pflaster an seiner Stirn abgenommen hat. An dessen Stelle ist nun eine hellrote Schorflinie von etwa zwei Zentimetern Länge zu sehen.

Es ist das zweite Mal, seit wir uns kennen, dass ich ihn nach ihr frage.

»Oda, das andere Kind?«

»Ja.«

Er seufzt. Ich bin anstrengend.

»Ich hab mit dieser Sache nichts zu tun«, sagt er.

Ich höre das Ungehaltene in seiner Stimme, aber ich bohre weiter, frage ihn, ob er weiß, wer ihr Vater war, ob es irgendeine Möglichkeit gibt, ihn zu kontaktieren.

»Wo kommt das jetzt alles plötzlich her?«

Mit seinen Stirnfalten zieht sich auch die Verletzung zusammen, wird von einer Linie zu einem Pfeil. Ich frage mich, ob er wirklich so wenig Einfühlungsvermögen hat. Meine Mutter ist gestorben, ich warte auf ihre Asche, ich bin an dem Ort, an dem Oda verschwunden ist, und er wundert sich, wo meine Fragen herkommen. Ich weiß, dass er nicht gern Dinge gibt, wenn er sie nicht freiwillig verteilt, aber er ist der einzige Mensch, der sie außer mir kannte, die einzige Familie, die mir bleibt.

»Ich frage mich nur, ob Odas Vater damals irgendwie erfahren hat, was passiert ist«, sage ich.

»Von mir jedenfalls nicht.«

Ich will noch viel mehr von ihm wissen, so lange

schon. Gibt es noch Verwandte? Wie kam es, dass die Mutter mit mir damals nach Berlin in seine Wohnung zog? Waren sie davor schon in Kontakt? Was hat sie ihm von Odas Verschwinden erzählt?

Aber mein Vater bleibt ein Screen, eine glatte Fläche, die die französische Sonne zu mir zurückwirft und mich blendet.

»Wieso ist sie damals überhaupt hierhergezogen, mit uns?«

»Das ist alles ewig her, Zoey. Der Anna ging es nicht gut, sie hat immer wegen irgendwas gelitten. Was weiß ich, warum sie dachte, dass es dort unten besser wäre, ich hab keine Ahnung. Es ist ja schön und gut, dass du dich so um deine Mutter gekümmert hast, aber jetzt muss das auch mal rum sein.«

Ich schweige. Ich drehe die Kamera so, dass er nur den Himmel sehen kann, nicht meine Gefühle in meinem Gesicht.

»Hallo? Bist du noch dran?«, fragt er, und ich sage: »Ja. Tout est okay.«

Er fragt mich noch, wann denn die Einäscherung genau sei. Als ich sage, dass ich es noch nicht weiß, sagt er: »Du kannst ja dann Bescheid geben.« Wenigstens das, ein klein wenig Interesse, ein klein wenig Anteilnahme zeigt er doch.

Ich war zwei, als Oda geboren wurde, und alles, an das ich mich erinnere, kam danach. Ich gehe unser

Gespräch noch einmal durch, und eine leise Stimme in mir fragt, ob es nicht seltsam ist, dass der Vater im Präsens gesprochen hat. *Ich hab mit dieser Sache nichts zu tun*, obwohl all diese Vorfälle schon so lange zurückliegen.

11

Beim Mittagessen beobachte ich zwei Touristinnen, die am Nebentisch sitzen. Das Bistro ist das letzte an der Strandpromenade, das noch geöffnet hat. Ich vermute, dass es sich um Mutter und Tochter handelt, denn obwohl eine der beiden deutlich älter ist, ähneln sich ihre Gesichtszüge, der Rhythmus ihrer Sätze, die Art, wie sie beim Sprechen die Hände bewegen, das langsame Heben und Senken der Finger auf der Tischplatte. Es liegt etwas Vertrautes zwischen ihnen, als hätten sie ihr gesamtes Leben in gegenseitiger Nähe und im Austausch verbracht. Ihr Gespräch, die Fortsetzung einer Fortsetzung, ein gemeinsames Stehenbleiben und Weitergehen, immer entlang eines Strangs aus geteilten Erinnerungen und Referenzen.

Ich spüre den Verlust der Mutter, während ich über die beiden nachdenke. Ich vermisse sie auf eine Art, die dem Davor gilt, der Zeit, in der sie noch selbstständig war. Dem leeren Stuhl an meinem Tisch, dem Gegenüber, das es nicht mehr gibt. Sie fehlt mir, und jetzt, wo sie gestorben ist, sehe ich sie wieder vor mir, wie sie war, noch vor wenigen

Jahren. Wie wir zusammen am offenen Fenster saßen und sie dabei einen Apfel schälte und mir kommentarlos immer einen neuen Schnitz gab, sobald meine Hand leer war, unsere Blicke auf die Kreuzung, auf Love. Sex. Dreams. Ihre Präsenz in dieser Wohnung, ihr Lächeln, die kleinen Einkaufszettel, die sie mir schrieb. Ganz unten stand da immer: »Nimm dir noch was Schönes mit.« Und damit meinte sie eine Süßigkeit, Kaugummis, irgendetwas, das nur für mich war.

Eine Erinnerung, an die ich lange nicht gedacht habe: Als ich zwanzig war und gerade den Führerschein machte, da gab es ein paar Wochen, in denen wir über eine gemeinsame Reise sprachen. Wir saßen am Küchenfenster und redeten davon, wohin ich uns fahren könnte, an die Müritz, an die Mecklenburgische Seenplatte, vielleicht sogar an die Ostsee. Immer ans Wasser. Ich weiß nicht, ob wir damals tatsächlich glaubten, dass das irgendwann passieren würde, oder ob es uns nur gefiel, davon zu sprechen. Einen Sommer lang existierte diese Idee in unserer Wohnung, und vielleicht, denke ich, hat genau danach der Wechsel stattgefunden. Ich studierte, ich fuhr Auto, ich reiste mit der Uni nach Wien, nach Venedig, nach Paris. Während ich mich freier bewegte, den Zirkel um die Wohnung weiter und weiter zog, da begann sie, langsam zu verschwinden.

Ich denke an meine Rückkehr aus Rom. Wie mir

die mageren Arme auf ihrem Schoß auffielen, die Knochen und Sehnen, die direkt unter der Haut lagen, eng davon umschlossen, ohne jegliches Fett dazwischen. Wie mir diese transparenten Vakuumbeutel in den Sinn kamen, die im Teleshop verkauft wurden, in denen man Winterkleidung einlagern konnte, die ein Ventil hatten, durch das man mit dem Staubsauger alle Luft aus ihnen heraussagen konnte. Daran, wie das Plastik sich dann eng um die Falten der flachgesaugten Kleider schloss.

Ich musste an den Petersdom denken, an die Skulptur der Pietà. Vakuumarme. Marmorarme. Steinerne Sehnen, steinerne Haut. Maria, die so jung aussieht und ihren sterbenden Sohn hält. Es wird davon ausgegangen, dass Michelangelo von Dantes *Göttlicher Komödie* zu dieser Darstellung inspiriert worden war, von den Zeilen: »O Jungfrau Mutter, Tochter deines Sohnes«.

Eltern, Kinder, die Nähe dieser Körper. Mutterkörper und Kinderkörper, Nabelschnüre, Muttermilch, nackte Haut an nackter Haut.

Die Mutter mit uns auf der Düne, Oda auf dem Arm, mich an der Hand. Ich dachte daran, wie in der Kunstgeschichte der sterbende Körper Jesu häufig die Haltung des gestillten Kindes spiegelt, wie die Darstellung des Babys schon seinen eigenen Tod vorwegnimmt.

Meine Rückkehr aus Rom, ihre dünnen Arme. Spätestens ab da ging es bergab mit ihr, spätestens ab da sah ich es ganz klar.

Drei Jahre später hielt ich den Körper der Mutter in der Nacht, in der sie starb. Das Plastikfläschchen in der linken Hand und ihren sich windenden Kopf eingeklemmt in meiner rechten Armbeuge.

Ich denke, dass die Mutter immer weniger geworden ist. Dass sie verschwunden ist, aber dass sie mir doch bleibt. Sie wirft noch immer ihren Schatten auf die Tischplatte vor mir, auf den Boden um den leeren Stuhl.

Die beiden am Nebentisch haben inzwischen die Rechnung verlangt. Die Jüngere zahlt aus dem Portemonnaie der Mutter, dann einigen sie sich darauf, wie viel Trinkgeld sie liegen lassen. Sie stehen auf, und ich sehe sie durch die verglaste Ladenfront über die Holzplanken in Richtung Strand davongehen, ihre Blusen und dünnen Jacken werden vom Wind an ihre Körper gepresst. Sie gehen nah beisammen, unverändert im langsamen Fluss ihres Gesprächs.

Am späten Nachmittag holt mich Kitty im Hotel ab. Ich sitze Marlène an der Bar gegenüber, sie hat mich zum Armdrücken aufgefordert, und seit ein paar Minuten greifen unsere Hände ineinander, und ich drücke mit all meiner Kraft gegen ihre. Als Kitty zu uns tritt, halten wir noch kurz aus, dann unterliegt Marlène, lässt ihren Arm von meinem auf den Tresen drücken, aber sie lacht dabei so, als hätte ich nicht tatsächlich gewonnen. Sie nickt Kitty zu, spricht sie auf Französisch an, aber wie ich hat Kitty diese Sprache offenbar nie richtig gelernt.

»Ich hab meinen Eltern erzählt, dass du früher auf dem Platz gewohnt hast. Sie meinen, dass sie sich erinnern, an euch.«

Wir gehen den Strand entlang, dieselbe Linie vom Hotel zum Campingplatz, auf der ich mich in den vergangenen Tagen wieder und wieder hin und her bewegt habe. Ich merke, dass ich nervös werde, dass ich auf eine unangenehme Begegnung eingestellt bin, von dem ausgehend, was ich bereits über Kittys Eltern weiß. Aber als wir uns dem Campingplatz nähern, winken uns zwei Menschen freundlich von der Düne aus zu. Der Hund, von dem Claudia sprach, drängt sich um ihre Beine, stürmt dann zu uns, umkreist Kitty, springt zurück.

Die Eltern sehen völlig unscheinbar aus. Sie sind beide etwa fünfzig, mit blonden, matten Frisuren, die in hartem Kontrast zu dem Plastikglanz auf Kittys Haaren stehen. Sie tragen Funktionskleidung, kurze Shorts und T-Shirts und haben etwas Agiles an sich, sind konstant in Bewegung, gestikulieren, werfen Äste für den Hund. Ich erkenne die beiden nicht von früher wieder. Die Gesichter des Paars aus dem Nachbarwagen sind mir nur verschwommen in Erinnerung, decken sich nicht mit denen, die ich nun vor mir sehe. Tom und Carola scheint es anders zu gehen, sie lächeln mich warm an und schütteln mir fest die Hand. Für sie bin ich ein Kind, das sie einst kannten, eine, die nach langer Zeit zurückkommt.

Der Hund beginnt sofort, das apportierte Treibholz vor Kittys Füße zu legen, und in der Art, wie sie mit ihm spielt, wie sie sich wortlos mit den Eltern in Bewegung setzt, sieht man ihr Aufwachsen an diesem Ort.

»Ich hoffe, das ist in Ordnung, dass wir dich hier draußen treffen, Zoey«, sagt die Mutter, Carola.

Wir marschieren nach Norden, wo der Strand wild wird, wo lange Dünenausläufer sich weit bis zum Meer ziehen, wo das Wasser ein Labyrinth aus Schneisen in die harte Grasnarbe gewaschen hat. Die Familie und der Hund, sie kennen diesen Weg, es gibt kein Umherblicken, kein Suchen, keine Absprachen. Alle folgen einer gemeinsamen Route, die sie sich über die Jahre erschlossen haben.

»Zoey, hast du das hier nicht schrecklich vermisst?«

Es liegt etwas Eindeutiges in der Frage, der Standpunkt, dass es kaum einen schöneren Ort geben kann.

Während wir gehen, beginnen wir, über das Früher zu sprechen. Über die Mutter und Oda und mich, darüber, wie sich das Leben auf dem Platz verändert hat.

Tom und Carola sprechen liebevoll von der Mutter. Sie tauen die eingefrorenen Bilder meiner Erinnerung auf, beschreiben mir unseren Alltag aus dem Blickwinkel einer solidarischen Bekanntschaft. Die Mutter, die Oda über die Düne trug, mich an der Hand. Die Kräuter und Brennnesseln zum Trocknen an unseren Wagen hängte. Oda und ich, wie wir barfuß im Sand saßen, die Hände in den knisternden Blättern, bis sie klein gerubbelt waren, wie dann später große Gläser mit dunkelgrünem Sud auf unserem Fensterbrett lagerten. Dass wir für uns blieben. Es klingt in ihren Worten nicht nach Abschottung, nicht sonderbar. Es klingt nach einer hellen abgeschiedenen Welt, nach einer Insel, die unser Reich war. Es klingt genau wie das, das ich in mir trage aus diesen Tagen. Warme Erinnerungen, den Schutz der Mutter.

Was mich überrascht, ist, dass sie Oda als kränklicher beschreiben, als ich mich erinnere. Dass sie oft fiebrig im Schatten vor dem Wagen lag, auf einem großen Kissen. Dass ich bei ihr saß und der Mutter half. Dass ich einkaufen ging, dass ich Eimerchen mit kaltem Wasser vom Waschhaus zum Wagen trug, für ihre Wickel und Waschlappen, für kalte Tücher, die die Mutter in die Wagentür hängte.

Oda, die zart war und blass, der immer eine besondere Vorsicht galt.

Ich frage, was sie hatte, aber sie wissen es nicht. Sie wiegen die Köpfe und bleiben ungenau, und ich vermute eine ähnlich kritische Haltung zur Schulmedizin, wie die Mutter sie hatte. Ich denke daran, wie Claudia über ihre Tochter und ihren Schwiegersohn gesprochen hat, und daran, dass Kitty nie zur Schule ging und dass die beiden nichts von den Instagram-Ambitionen der beiden erfahren dürfen. Ich frage mich, was dahintersteckt. Was ihre Theorien dazu sind, wie weit diese offensichtliche Abschottung geht. Sie wirken nicht extrem auf mich oder als würden sie an krude Verschwörungen glauben, eher, als gäbe es gewisse Übereinkommen, die sie irgendwann dazu bewogen haben, sich abseits des gesellschaftlichen Rasters anzusiedeln.

Carola und Tom erzählen, dass sie Anfang dreißig waren, als sie hierherzogen. Sie nennen es trocken lachend ihre »Abkehr vom Kapitalismus«, und es klingt, als wären die damaligen Beweggründe nicht mehr die heutigen. Als sie hier ankamen, war Oda noch ein Baby. Ich frage, was sie über die Tage um Odas Verschwinden herum wissen, warum wir allein waren, aber sie können sich nicht daran erinnern. Sie sagen, dass einmal eine Frau auf den Platz gekommen ist, eine Fremde, an einem Abend. Das wissen sie noch, weil die Mutter mit ihr gestritten hat, weil man ihre lauten Stimmen in den anderen Wagen hören konnte. Ich frage, worum es ging in dem Streit. Ob die Frau eine Anwältin gewesen sein könnte. Aber sie schütteln die Köpfe. Sie wissen es nicht, sie glauben es nicht. Vielleicht war sie eine von den Leuten im Wald.

Ich frage und frage, endlich gibt es da Menschen, die sich erinnern, endlich eine Spur, die nicht sofort versandet. Was wissen sie dazu, wer waren diese Menschen? Aber trotz allem gibt es auch hier keine Antworten. Nur: Es waren Personen im Wald. Über Wochen kamen sie, Nacht für Nacht für Nacht. Extreme, meint Tom, die mit Lebensentwürfen abseits der gesellschaftlichen Norm ein Problem haben, die alle in ihre Reihen drängen wollen. Sie bildeten eine Linie zwischen den Stämmen und hielten Kerzen und riefen Parolen.

»Wir tun doch keinem was«, sagt er. »Wir wollen nur unsere Ruhe.«

»Angst wollten die schüren, Zwietracht«, sagt Carola, und mir ist nicht ganz klar, was sie meint. Wollten die Leute ihnen Angst machen oder dem Ort Angst vor uns, den Campern, oder wollten sie Zwietracht innerhalb der Gruppe säen?

»Kann es sein, dass diese Menschen Oda genommen haben?«

Sie sehen sich an, sie schweigen. Dann sagen sie, dass es möglich ist. Dass sie nie verstanden haben, was damals eigentlich passiert ist. Dass sie uns plötzlich nicht mehr gesehen haben. Dass die Wagentür verschlossen blieb, dass sie erst nach Tagen verstanden haben, wir waren dort drinnen, im Wagen, die ganze Zeit schon, die Mutter und ich. Dass Oda nicht mehr bei uns war. Dass wir nur noch zu zweit waren, nur noch die Mutter und ich. »Sie sah schlecht aus«, sagen sie und dass sie kaum noch gesprochen hat, wie leblos, unter Schock. Dass ich der Mutter nicht von der Seite gewichen bin. Dass es einen Suchtrupp gab.

Dass irgendwann ein Mann kam, der uns abholte.

Ich erinnere mich an nichts davon. Nur an die Mutter neben mir auf der Matratze. An das Warten darauf, dass sie einschläft. An mein Ringen mit mir selbst. An meine Fragen. An das Lauschen in den Wind.

Ich frage und frage, warum hat niemand mit der Polizei gesprochen? Aber sie schweigen ratlos und werfen Stöcke für den Hund. Odas Verschwinden ist auch für Carola und Tom etwas, das sich nie geklärt hat. Sie glauben, die Frau habe etwas damit zu tun, die, mit der die Mutter gestritten hat. Sie sagen, mit Oda, mit uns, verschwanden auch die Lichter aus dem Wald.

12

Zurück im Hotel spreche ich noch einmal mit dem Vater. Ich liege auf dem Bett im verschwindenden Licht.

»Wer kann diese Frau gewesen sein, die mit der Mutter auf dem Campingplatz gestritten hat?«

»Hat sie je davon erzählt?«

»Hat sie je etwas darüber gesagt, dass Oda krank gewesen ist?«

»Hast du was von Menschen gehört, damals, von Menschen, die im Wald standen, mit Kerzen in den Händen?«

Er windet sich aus dem Bildschirm.

»Was soll dieses Gegrabe, Zoey?«

»Wieso kannst du diese Dinge nicht gehen lassen?«

»Du versteigst dich da in etwas.«

Er lacht ein Lachen, das ich schon kenne, und nichts schafft mehr Distanz als dieses Geräusch.

Kurz danach kippt es in Ärger und Ablehnung. Er hasst es, wenn ich bin, wie ich in diesem Gespräch bin, aufdringlich und überspannt, und ich höre seinen Ekel in der Stimme, also schweige ich. Ich liege nur da und lasse seinen Monolog über mich laufen wie eine kalte Dusche. Es fühlt sich nach Erziehung an, nach einer späten väterlichen Frustration über unangemessenes Verhalten. Gleich wird ihm auch das zu viel sein, gleich wird er sich verabschieden.

»Deine Mutter hat dich völlig in eine Co-Abhängigkeit hinein erzogen, und jetzt kommst du allein nicht klar. Du wirst wie sie. Instabil, leicht beeinflussbar. Das war ja alles abzusehen.«

»Für diese Gestalten am Campingplatz bist du natürlich ein gefundenes Fressen. Die erzählen dir weiß Gott was, und du steigerst dich sofort hinein.«

»Das macht deine Mutter auch nicht wieder lebendig.«

Er versteht nicht, dass ich mich nicht abwenden kann. Dass Oda für mich ein Fragezeichen ist, dass sie für mich noch immer im Wald steht.

Als er endlich aufgelegt hat, spreche ich mit Ari. Ich weine. Ich lausche in ihr Zögern hinein. Sie wechselt in einen analytischen Modus, addiert, was mein Besuch bei der Polizei, meine Gespräche mit Claudia und mit Kittys Eltern ergeben haben. Sie findet, die Informationen würden sich zumindest nicht widersprechen. Es wurde offenbar nicht dauerhaft nach Oda gesucht, ihr Verschwinden wurde nicht bei der Polizei angezeigt.

»Aber das alles heißt nicht, dass Oda noch lebt.«

»Ja«, sage ich. »Aber was Claudia meint, kann doch stimmen, oder? Es kann doch sein, dass die Mutter vielleicht die ganze Zeit über wusste, was mit Oda passiert ist. Dass es für alles eine Erklärung gibt. Wieso sonst hätte die Mutter sich verhalten, wie sie es getan hat?«

Ari ist still, und ich weiß, was sie denkt. Sie denkt an die Mutter, in ihrem Bett. Die lieber stirbt, als mich medizinische Hilfe rufen zu lassen. Die vielleicht auch damals alles lieber getan hätte, als die Polizei zu informieren.

»Zoey, ich weiß nicht, ob du das gerade hören kannst. Aber darf ich ehrlich sein?«

Im Gegensatz zu meinem Vater ist Ari vorsichtig. Sie sagt es nicht hart. Sie sagt es weich und warm. Sie schont mich. Doch der Inhalt bleibt derselbe. Ich soll mich nicht verrennen. Ich soll Abschied nehmen. In die Zukunft blicken. Etwas hat mit der Mutter nicht gestimmt. Man kann auf sie nicht anwenden, was logisch wäre, nachvollziehbar.

»Ich sage doch nur, dass es möglich ist, dass es sie noch gibt, irgendwo. Dass sie bei ihrem Vater lebt. Dass sie einen anderen Namen hat. Das kann doch alles sein.«

Ari schweigt. Ich begreife nicht, wie mein Hoffen ihr nicht verständlich sein kann. Ihr nicht und dem Vater nicht.

»Ich glaube, du denkst gerade nicht rational«, sagt

Ari. »Du kommst aus einer extrem belastenden Situation. Du hast Anna jahrelang gepflegt. Ich hätte dich da nicht allein hinfahren lassen dürfen. Das ist gerade alles zu viel für dich.«

»Ja, dafür ist es jetzt zu spät«, sage ich, und ich höre selbst die Kälte in meiner Stimme. »Was soll das jetzt, Ari?«, frage ich, bevor sie reagieren kann. Die Mutter liegt irgendwo, sie ist noch keine Woche tot, und ich bin vollkommen allein. »Ich will nur verstehen, was damals passiert ist. Das ist alles, was ich will.«

Ari schweigt. Dann entschuldigt sie sich. Sie sagt, dass sie mich versteht. Nur sei es gerade vielleicht der falsche Zeitpunkt für all diese Recherchen. Ich müsse erst einmal den Tod der Mutter verarbeiten.

Ich weiß, dass sie mich schont, ich weiß, dass sie sich beherrscht und verhindern will, dass es sich hochschaukelt zwischen uns, aber ich dränge weiter. Ich laufe gegen ihren Widerstand an, bis sie wütend wird und ihn aufgibt. Bis sie ungefiltert sagt, was sie denkt, all das, was bisher nie ausgesprochen wurde.

»Anstatt dich in diese Suche zu verrennen, solltest du dir zuerst mal einen Therapieplatz suchen. Das würde dir wirklich helfen.«

»Anna hat dich doch komplett traumatisiert. Sie hat dich völlig kontrolliert mit diesen Gebrechen, die sie hatte.«

»Zoey, sie hat dich einfach drei Jahre in dieser Wohnung gehalten. Checkst du nicht, wie gewaltsam das ist, wie völlig crazy das war, was ihr beide da abgezogen habt? Das hätte man alles auch anders regeln können.«

»Sie hätte das niemals alles auf dir ablagern dürfen.«

»Nichts an ihrem Verhalten war normal. Nichts davon würde ein verantwortungsvoller Elternteil seinem Kind je zumuten, ganz egal, was vorgefallen ist.«

Nach diesem Satz lege ich auf.

Draußen ist es dunkel geworden, und ich bin völlig allein. Beim Vater wusste ich immer, wie er uns sah, die Mutter und mich. Ich hatte nichts anderes erwartet, als das, was ich bekommen habe. Bei Ari ist es anders. Plötzlich liegt da etwas offen, das sie noch nie hat durchblicken lassen. Auch Ari hat die Mutter und mich als bizarres Gespann gesehen. Auch für sie ist mein Verhalten irrational und seltsam, auch sie versteht mich nicht.

Meine Suche nach Oda ist die Übersprunghandlung einer Traumatisierten, eine Illusion, etwas, aus dem man mich herausziehen muss. Zum ersten Mal seit dem Tod meiner Mutter weine ich. Ich weiß, dass ich viel Ungutes erlebt habe, aber niemand konnte sie verstehen außer mir.

Niemand kannte dieses Leben unter Wasser außer uns.

Wir hielten die Luft an, seit wir Oda nicht mehr hatten, und die Mutter sank und sank und sank.

Ich muss es verstehen. Ich muss wissen, was dort auf dem Grund liegt, was genau die Mutter nach unten zog. Es fühlt sich an, als könnte ich diesen Pfuhl sonst nie hinter mir lassen, nie tun, was der Vater und Ari von mir verlangen, in die Zukunft blicken, ein normales Leben führen.

Marlène liegt auf dem Bauch. Ihr Rücken hebt und senkt sich im matten Licht. Sie ist warm neben mir, streicht langsam über die Stelle, an der meine linke Hand in meinen Arm übergeht. Es tut gut, alles in Ruhe zu erzählen, mein Leben wie ein Band vor ihr zu entrollen, einzuflechten, was ich Neues erfahren habe. Die Jahre auf dem Camping-platz, Odas Verschwinden, der Umzug nach Ber-lin, meine zweite Kindheit dort, allein mit der Mutter, der Fernseher, das Fenster, die Jugend. Das Kindergesicht der Mutter im Badezimmer. Das Schweigen. Das Studium. Dann: die Mutter im Bett und schließlich ihr Tod. Ich erzähle Mar-lène von dem Gespräch mit Kittys Eltern, vom Va-ter, von Ari. Ich spreche und spreche, und sie hört mir zu.

Ich frage sie, was sie von alldem hält, und sie dreht sich auf die Seite, atmet langsam ein und aus, ich sehe ihre Bauchmuskeln, ihre Brüste, ihre Schultern dabei, diesen kräftigen Körper. Im diffusen Licht der Nacht sieht ihre Haut blau aus, ihre Haare breiten ein schwarzes Netz über das Kissen. Ich spüre ihre Hand, jetzt die rechte, die sich still auf meine Brust legt, auf mein Herz. Ich denke daran, wie sie mit ihren Fingern die Spitze des Möwenschnabels nachgeformt, wie sie damit zugestoßen hat. Kurz bekomme ich Angst. Vielleicht hält auch sie mich für verloren, in einem Labyrinth, zwischen diesen Wänden aus Fragen. Vielleicht nimmt auch sie den Außenblick ein, wie die Ärztin am Telefon, wie der Vater, wie Ari.

Aber so ist es nicht.

»Es wäre doch völlig verrückt, wenn du das alles einfach weiterhin ruhen lassen würdest. Ist doch schlimm genug, dass es bisher so war.« Sie denkt nach. »Hast du irgendeine Idee, wer diese Frau sein kann? Die, die am Campingplatz war?«

Ich schüttle den Kopf.

Sie fragt, ob es jemand aus der Vergangenheit der Mutter gewesen sein könnte? Ihre Mutter? Eine Schwester? Freundin? Partnerin? Ich weiß es nicht. Der Vater ist der einzige Mensch aus dem alten Leben der Mutter, mit dem ich je in Kontakt gekommen bin.

»Was ist denn mit dem Zeitungsarchiv?«

Marlène bietet an, mich dorthin zu begleiten, um mir zu helfen, zu übersetzen, und als sie schon schläft, liege ich noch eine Weile wach.

Ich denke an die Stimme der Mutter, die durch

die Wand kam. An die Fliegen auf ihrer Haut. Unsere Körper auf der Matratze.

Marlènes Hand, weich auf dem Kissen, neben ihrem Gesicht. Von draußen höre ich das Meer, höre, wie es kommt und geht, kommt und geht.

13

Das Zeitungsarchiv befindet sich im Keller der Bibliothek im Ort. Durch schmale, hohe Fenster fällt die Sonne auf Steinboden, feine Schleier aus Staub hängen in ihrem Licht zwischen Metallschränken, zwischen kleinen Holztischchen, altmodischen Lampen. Es ist ein sehr stiller Ort.

Hier ließen sich alle gedruckten Ausgaben der Lokalzeitung seit 1949 einsehen, erklärt uns der Mann, der für den Bestand verantwortlich ist. Obwohl klar ist, dass meine Sprachkenntnisse, im Gegensatz zu ihren, kaum für seine Erläuterungen ausreichen, spricht er nicht nur zu Marlène. Er wechselt mit dem Blick zwischen uns, redet langsam und deutlich, untermalt jeden Satz mit Gesten, wenn er mich ansieht. Als er sagt, dass wir pro Person immer drei Zeitungen aus den Schränken nehmen dürften, hält er dazu drei weiß behandschuhte Finger in die Luft. »Trois.« Und wir nicken.

Der Mann wirkt, als würde er schon ewig an diesem Ort arbeiten, und ich frage mich, wie oft tatsächlich jemand in das Archiv kommt, welchen Tätigkeiten er ansonsten nachgeht, hier unten, allein, während draußen der Himmel blau über den warmen Straßen und dem Meer liegt. Er fragt unsere Daten ab, trägt dann mit kleiner, fester Handschrift Namen und Adressen in eine Kartei ein. Er kommentiert nicht, dass ich von weit her komme, er sieht mich nicht prüfend an, macht nur in größter Ruhe seine Arbeit.

»Bon, Mesdames.«

Auch uns werden jetzt weiße Handschuhe ausgehändigt, dann führt er uns durch die Gänge, bleibt stehen, zieht eine der großen Schubladen heraus. In Plastikhüllen hängen dort die Zeitungen des Sommers 2003. Der Mann zeigt uns sein System. Jahreszahlen, Monate, Tage, die Zeitungen, alphabetisch sortiert. Ich verstehe erst später, dass die Details dieser Einführung für den Prozess völlig unnötig sind, dass wir an einem altmodischen Computer im Katalog heraussuchen können, was wir lesen wollen, und er es dann übernimmt, die Ausgaben für uns aus den Schränken zu holen, aber noch stehen wir nickend neben ihm und beobachten seine Hände. Ich rieche Aftershave an ihm und Minze, Mundwasser vielleicht oder Kaugummis. Es ist angenehm, ihm zuhören, diesem Wärter der Zeit.

Er lacht, als ich in die Schublade greifen will, »Attendez, Madame!«, den Zeigefinger leicht erhoben. Das darf ich nicht, das ist sein Job.

Später sitzen wir jeweils an einem der Lesetische,

gehen Ausgabe für Ausgabe der Regionalzeitung durch. Ich verstehe die Artikel nur bruchstückhaft, bin froh über Marlènes Hilfe, die sich zu mir beugt, liest und zusammenfasst, wenn ein Artikel mir relevant erscheint. Einmal deutet sie auf ein Kindergesicht in einer ihrer Ausgaben. Ich schüttle den Kopf.

Einiges kann ich mir allein erschließen. Eine ungewöhnliche Hitzewelle beherrschte Frankreich und die Nachrichten in diesem Sommer. Temperaturen über vierzig Grad, Krise, Tausende Todesopfer. »Erinnerst du dich daran, dass das so ein krasser Sommer war?«, frage ich, und Marlène flüstert, sie wisse noch, dass ihre Cousinen damals aus Paris hergekommen seien, für die Sommerferien, weil es in der Stadt so unerträglich war. »Wir fanden das super.«

Es ist seltsam, sich vorzustellen, wie ihr Leben damals war, und wie meines. Dass beides in so großer Nähe zueinander stattfand. Der heiße Sommer, Marlène, ihr Bruder und ihre Cousinen zusammen am Strand. Ich, mit der Mutter im Wagen.

Weil ich nicht genau weiß, an welchem Tag Oda verschwunden ist, nur dass es im Sommer war, starten wir am ersten Mai. Wieder und wieder wählen wir am Computer jeweils drei Folgetage aus und suchen den Archivar auf. Jedes Mal steht er auf, nickt freundlich, nimmt die alten Zeitungen von uns entgegen, steckt sie vorsichtig in ihre Hüllen, trägt sie zum Schrank, bringt uns die geforderten weiteren Ausgaben.

Es ist seltsam, dieses Spektrum an Geschehnissen aufzublättern, diesen lang vergangenen Zeitstrahl zu verfolgen, in dem meine eigene Geschichte verortet ist. Ich suche nach Odas Gesicht auf den Seiten, nach der Mutter, nach dem Campingplatz. Wir finden nichts.

Ich denke an Claudia Meyer. An ihre Überzeugung, dass die Mutter gewusst haben muss, was damals passiert ist.

Mittags höre ich gedämpft den Lärm. Kinderrufe, Gelächter. Ich sehe, dass das Lichtspiel auf dem Boden von schattigen Füßen durchbrochen wird. Die Grundschule befindet sich im angrenzenden Gebäude, offenbar ist dort der Unterricht beendet, und die Kinder gehen nach Hause. Damals war Marlène eines davon, denke ich. Und, dass der Mann das jeden Tag erlebt. Diese kurze Unterbrechung seiner Ruhe, diesen kurzen Tumult, von dem hier nur winzige Ausläufer zu spüren sind.

Unser Leben zu dritt auf dem Campingplatz, es kommt mir vor wie dieser stille Lesesaal. Die Geschehnisse der Welt, des Orts, über denen wir seit Stunden sitzen, sie drangen nicht hindurch zu uns, sie hatten nichts mit uns zu tun.

Marlène und ich suchen bis in den September

hinein, obwohl ich schon weiß, dass wir Oda nicht in den Zeitungen finden werden. Es gab keine groß angelegte Suchaktion wie bei Maddie McCann, keine Poster, keine Milchpackungen. Oda war einfach nicht mehr da.

Ich glaube nicht, dass sie noch lebt. Ich kann mir nicht vorstellen, dass wir gelebt hätten, wie wir gelebt haben, wenn es sie noch irgendwo gegeben hätte, wenn die Mutter gewusst hätte, wo sie ist. Aber so zwecklos es ist, ich kann nicht aufhören. Ich bestelle nach und nach und nach, und Marlène bleibt bei mir. Immer noch drei Tage und noch drei und noch drei, als würde mich das analoge Eintauchen in die Berichterstattung dieses Sommers Oda und der Mutter näherbringen. Als könnte ich mir, je mehr ich über diese Zeit erfahre, einen Handlungsspielraum eröffnen. Damals gab es uns noch. Damals waren wir noch zu dritt.

Irgendwann sagt der Mann uns bedauernd, dass das Archiv nun schließen würde. Wir könnten morgen wieder kommen. Ab acht Uhr sei er da. Er sieht mich an, deutet eine Spirale an, hält dann acht Finger in die Luft. »Demain. Huit heures.« Er lächelt, und es scheint, als wäre er selbst enttäuscht darüber, dass wir offensichtlich nicht gefunden, was wir gesucht haben, dass sein Archiv uns keine Antwort geben konnte.

»Erinnern Sie sich an diesen Sommer? Haben

Sie damals schon hier gelebt?«, frage ich ihn, und er nickt. Er sei hier aufgewachsen, nie weggezogen. »Erinnern Sie sich an Menschen im Wald?«, frage ich, halb auf Englisch, halb auf Französisch. Marlène übersetzt, wo wir allein nicht weiterkommen. »Am Campingplatz. Wurde nach einem Mädchen gesucht, nach einem kleinen Kind?«

Er wisse nicht genau, ob es in diesem Jahr war, sagt der Mann, aber einmal sei ein Mädchen verschwunden. Am nächsten Tag habe man sie am Strand gefunden, ertrunken, eine große Tragödie. Er sieht mich an, muss bemerken, dass das, was er sagt, mich trifft.

»Attendez, Mesdames.«

Der Archivar geht davon, ich sehe ihn in einem anderen Gang verschwinden als bisher. Dann kommt er mit einem Stapel Zeitungen zurück, neun, zehn Stück sind es diesmal bestimmt. Er faltet eine nach der anderen vorsichtig auf, fährt mit seinen behandschuhten Fingern über die Seiten. Bei der vierten Ausgabe hält er inne, blickt zu mir. Ich sehe, dass er einen Sommer weitergesprungen ist. 2004. Da ist ein Bild von der Düne, ein Wall aus Fotos von dem immer gleichen Kindergesicht. Kleine Engelsfiguren, Kuscheltiere, Blumen, Kerzen, bemalte Steine. Ein sechsjähriges Mädchen ist damals ertrunken, Marie S., in der Nacht vom 23. auf den 24. Juli. Marlène nickt langsam. Legt vorsichtig einen Finger auf das Bild.

»Das weiß ich noch. Sie war auf meiner Schule. Niemand konnte sich erklären, warum die Kleine so spät allein am Strand war.«

Der Archivar sieht zu mir, und ich schüttle den Kopf, mache die Lippen schmal. Bedaure. Dieser Todesfall hat nichts mit mir zu tun. Und dennoch. Es fühlt sich an, als hätte ich über Oda gelesen, als wir das Archiv verlassen und wieder auf der Straße stehen, in der warmen Luft. Marlène nimmt mich an der Hand. Unsere Schatten fallen hinter uns auf den Asphalt, als wir zum Hotel zurücklaufen. Für Oda gab es keine Bilder, keine Kuscheltiere. Sie war einfach plötzlich fort.

Gegen Abend besuche ich noch einmal den Campingplatz. Claudia raucht in einem Liegestuhl vor ihrem Wagen, sie lächelt und winkt mir zu, als sie mich sieht, ruft nach Kitty.

Ich setze mich, der Wind kommt vom Meer, bringt kalte Luft mit sich. Carola und Tom kochen in ihrem Wagen, ich erkenne das Klacken der Gasflasche, das Geräusch, als das kleine Fenster über dem Herd geöffnet wird, damit der Dampf abziehen kann.

Wir stellen einen Tisch nach draußen, Stühle, eine Kerze. Es gibt Wein, Salat, Brot, einen Eintopf aus Bohnen, Gemüse und Reis.

Meine Kindheit hier, sie kommt mir so nah vor, als ich mit dieser Familie vor dem Wagen sitze, und ich frage mich, ob wir auf dem Platz geblieben wären, wäre Oda nicht verschwunden. Ob ich Kitty gekannt hätte, als sie noch ein Baby war, ein Kleinkind. Was aus uns geworden wäre. Die Mutter saß nicht mit anderen um ein Feuer oder um einen Tisch, auch damals nicht. Aber an diesem Abend, in der kühlen Luft, mit dem Geruch nach Meer und Wald, unter dem blassen, endlosen Himmel, da kann ich uns hier sehen. Ich sehe, was sie an diesem Ort für ein Leben mit uns führen wollte, geführt hat.

Ich frage Carola und Tom, ob sie sich an Marie S. erinnern, das Mädchen, über das ich im Archiv gelesen habe, und sie nicken.

»Wir halten uns sonst raus, wenn im Ort was passiert, aber das war hier unten am Strand.«

Sie schütteln die Köpfe.

»Schrecklich war das.«

»Das war kurz nachdem –« Carola bricht ab, sieht zu mir, meint Oda.

»Wenn das Oda passiert wäre, hätte man das mitbekommen? Hätte man sie gefunden?«

Sie wechseln einen Blick.

»Man weiß nie, was das Meer macht«, sagt Tom. »Glaubst du, dass deine Schwester damals ertrunken ist?«

Alle sehen mich an. Der Kerzenschein liegt in weißen Fäden auf Kittys Haar. Claudia hat dieselbe

Körperhaltung eingenommen wie bei unserem Gespräch am Vortag, sitzt ganz aufrecht. Ich hebe die Schultern. Ich weiß es nicht.

»Ich bin mit ihr in den Wald damals. In der Nacht. Ich hab sie mit raus genommen.«

Claudia legt ihre Hand auf meine. Alle schweigen.

»Vielleicht ist sie irgendwie runter zum Strand, wie dieses andere Mädchen.«

Carola streicht mir über den Rücken. Ich sitze hier, mit dieser fremden Familie an diesem Ort, der uns alle verbindet, mich und sie und Oda und die Mutter.

»Die Leute im Wald. Da waren zwei Männer, die wussten, wer wir sind. Ich weiß nicht, ob ich Oda mit zurückgebracht hab. Ich erinnere mich nicht.«

»Die Menschen im Wald kannten euch? Wie kommst du da drauf?«

Mme Future ist im Anwaltsmodus.

»Sie konnten Deutsch, sie kannten unsere Namen. Ich weiß nicht, ob ich das nur fantasiert habe. Das dachte ich lange.«

»Kerzen hatten die, gesungen haben sie?« Sie richtet diese Fragen an Carola und Tom, beide nicken.

»Das war ein Protest«, bestätigt Tom.

»Aber wogegen denn?«

Sie zucken die Schultern. »Gegen uns. Gegen Leute, die sich außerhalb des Systems positionieren.«

Ich sehe, dass Claudia diese Erklärung nicht gelten lässt.

»Das ist doch Unsinn. Wen sollte das interessieren, dass ihr hier lebt, was ihr alles ablehnt?«

Carola und Tom schweigen. Sie stehen außen, lange schon. Für sie ist es absolut vorstellbar, dass das reicht, um von Fremden aus dem Wald mit Lichtern und Gesang bedrängt zu werden.

»Für mich klingt das nach etwas Persönlichem. Ihr habt doch auch gesagt, dass sie weg waren, nachdem das mit Oda passiert ist.«

»Ja, dann waren sie weg.«

Beide nicken.

»Wir müssen rausfinden, wer diese Leute waren. Worum es denen ging, bei dieser Aktion. Und wer diese Frau war, die hier aufgetaucht ist. Wir brauchen die Details. Wie alt war sie, wie sah sie aus, was hatte sie an?«

Claudia wirkt wie eine völlig andere als in ihren Videos. Sie sieht kräftig aus, golden im Kerzenlicht. Ich habe das Gefühl, dass sie mich vertritt. Dass das ihre Rolle ist im Leben. Sie arbeitet für andere, nimmt sich Situationen und Menschen an, versucht, Wege zu finden, Lösungen.

Als Kitty mich zum Ausgang des Platzes bringt, ist es Nacht. Der Himmel liegt wie früher über dem Meer, die Sterne wie Augen.

»Meine Oma kann dir bestimmt helfen«, sagt sie.

»Sie kommt immer auf irgendwas. Sie ist bestimmt noch ewig wach heute und googelt und liest alles, was sie finden kann.«

»Du kannst froh sein, dass du sie hast.«

Ich sehe sie nicken. »Ja, sie ist bisschen crazy. Aber cool.« Sie macht eine Pause. Sagt dann: »Sie will, dass ich die Schule mache, in Deutschland, dass ich einen Beruf lerne oder studiere oder so. Und mich nicht nur auf unseren Plan verlasse.«

Ich überlege kurz, zucke dann mit den Schultern.

»Du willst doch eh nach Berlin. Nicht ewig hierbleiben, oder?«

Sie nickt.

»Ich glaub, dann hat deine Oma schon recht.«

»Ist es cool, in Berlin?«

Ich sage: »Ja, auf jeden Fall. Es ist supercool in Berlin, besonders die Schulen und die Unis dort, die sind besonders cool.«

Kitty lacht ihr nettes Lachen. Bestimmt weiß sie, dass Claudia mich auf sie angesetzt hat, um ihr das Studieren schmackhaft zu machen.

Wir umarmen uns zum Abschied, sie riecht süß, wie ich und meine Freundinnen als Jugendliche. Nach Tommy Girl. Dann gehe ich zurück zum Hotel. Wieso waren diese Leute im Wald, was hatten sie mit uns zu tun?

Ich überlege, noch einmal bei meinem Vater anzurufen, aber es ist spät. Ich habe keine Kraft mehr, ich bin müde, will mich nur noch zu Marlène an den Tresen setzen und einen Crémant mit ihr trinken, ich will hören, wie ihr Abend war, ihr dabei zusehen, wie sie die Kaffeemaschine säubert, wie sie mit ihren ruhigen Handgriffen alles in Ordnung bringt.

14

Als mein Handy klingelt, ist es fast eins. Marlène und ich sind noch immer an der Bar, allein. Das Hotel um uns ist so still, dass ich mich frage, wie weit unser Lachen getragen wird, durch den Fahrstuhlschacht, durch die Wände. Ob die anderen in ihren Zimmern uns hören oder ob das Meeresrauschen unsere Stimmen verschluckt.

»Gut, du bist noch wach.«

Es ist Claudia, sie muss etwas gefunden haben.

»Folgendes: Du hast gesagt, die ganze Familie deiner Mutter ist tot?«

»Das hat sie mir so erzählt.«

»Vielleicht stimmt das inzwischen, aber ich glaube, damals hat da noch jemand gelebt. Warte, ich schicke dir was.«

Es dauert, ich höre sie auf ihrem Bildschirm herumtippen, höre, wie sie nach Kitty ruft. Dann kommt ein Screenshot. Auf dem Bild ist eine blonde Frau zu sehen, eine Sprechblase neben ihrem Kopf.

Dr. Katharina Weiss steht darunter, 58 ans.

Etwas in mir beginnt zu zittern. Ganz leicht nur,

ein leichtes Zucken, direkt unter der Haut. »Worum geht es da?«

»Das war eine Umfrage der Tourist:inneninformation hier im Ort, 2003. Es wurde gefragt, warum Leute sich Frankreich als Reiseziel ausgesucht haben, trotz der Hitze. In der Sprechblase steht: ›Ich bin aus familiären Gründen hier.‹ Ich kann es Carola ja nicht zeigen, auf dem Handy, aber sie hat die Frau, die mit deiner Mutter gestritten hat, doch genau so beschrieben. Blond, circa sechzig, sehr dünn. Es kann ein Zufall sein, aber, Zoey, ich bin elektrisiert. Ich glaube, wir haben da was. Ich suche gleich weiter, schaue, was ich zu ihr rausfinden kann. Lass uns morgen Mittag auf dem Platz treffen. Dann sehen wir weiter.«

Als Claudia aufgelegt hat, drehe ich mein Handy zu Marlène. Gemeinsam betrachten wir die Frau. Ich bin nicht sicher, ob sie meiner Mutter ähnlich sieht oder ob ich das hineininterpretiere. Das blonde Haar, die Kopfform. Das Bild ist unscharf, aber vielleicht, dieser Zug um den Mund, vielleicht, die kleine Nase? Die Mutter war vierundvierzig bei ihrem Tod, so alt wie die Frau ist sie nicht geworden.

Ich will sofort dieser Spur folgen, weiterkommen bei meiner Suche, aber zugleich ist da Marlène, mir gegenüber. Das Gespräch, das wir verfolgt haben, bevor der Anruf kam. Sie blickt auf das Handy in meiner Hand.

»Du zitterst.«

Ich lege es ab, schließe meine Finger, strecke sie, versuche, meine Reaktion zu kontrollieren.

»Kann ich deine Hand halten?« Und es ist schön, dass sie mich das fragt, obwohl wir schon Sex hatten, obwohl es schon so viele Berührungen gab zwischen uns.

Wir sitzen. Halten uns an den Händen, so, dass unsere Unterarme sich kreuzen.

»Fühlt sich an, als würden wir gleich einen Volkstanz starten«, sagt sie, und wir lachen etwas, und dann sind wir still, und ich spüre, wie sie meine Hände hält, sie leicht drückt. Spüre ihre Kraft darin, ihre Ruhe.

»Darf ich meine Hand auf dein Herz legen?« Ich nicke. Sie legt eine Hand auf meine Brust, presst auch hier ganz leicht gegen mich, sodass ich mich spüre an ihrer Hand, meine Haut, meine eigene Festigkeit.

»Kannst du eine Hand auf mein Herz legen?«

Ich lege meine frei gewordene Hand auf ihre Brust, plötzlich ratlos, wo sich das Herz eigentlich befindet, und auch darüber lachen wir.

Dann sitzen wir, in dieser Intimität, und es liegt eine Komik in der Situation, die mich verunsichert, aber Marlène ist ganz ruhig. Sie lächelt mich an. Ich denke daran, wie wir durch die Glastür aussehen müssen für Menschen, die dort den Weg entlanggehen und hineinblicken. Wir beide im Licht der verlassenen Bar, um uns das dunkle Hotel. Still stehend, uns haltend, uns zueinander lehnend. Aber dann lasse ich diese Gedanken los. Ich spüre ihren Herzschlag in meiner Handfläche, und ich stelle mir vor, dass sie auch meinen Herzschlag spürt. Zwei Pferde kommen mir in den Sinn, die ich einmal gesehen habe. Zwei Pferde, die auf einer Wiese standen und ihre Hälse aneinandergepresst hielten. Die großen Augen geschlossen, die dampfenden Körper ganz nah beisammen. Kein Drängen, kein Reiben war in dieser Begegnung. Nur zwei Pferde, Herdentiere, die sich Gemeinschaft waren.

Wir sitzen lange zusammen, in dieser Nacht, nach Claudias Anruf. Ich bitte Marlène, mir mehr von ihrer Arbeit zu erzählen, von ihrem Training, von dem Kollektiv, mit dem sie arbeitet, von dem Choreografiestudium, das sie in Berlin antreten könnte. Ich frage sie: »Kannst du benennen, worum es dir geht, wenn du arbeitest?«

Sie überlegt und sagt dann, dass sie an etwas wie einen geteilten Weltschmerz glaubt. »Ich will, dass Leute etwas spüren, wenn ich mich bewege. Ich will, dass alle gemeinsam lachen und weinen, irgendein Gefühl, das alle teilen. Macht das Sinn? Eigentlich sollen die am Ende alle Sex miteinander haben wollen.«

Wir lachen. Ich erkenne Parallelen zu Aris Arbeit

darin. Diese Liebe für die Umwelt, den Wunsch, etwas abzugeben, den Wunden der Welt etwas entgegenzusetzen. Magie, denke ich. David Copperfield.

Irgendwann legen wir uns schlafen. Irgendwann wachen wir wieder auf. Es ist noch sehr früh, und wir gehen nach unten, Marlène schließt das Hotel auf, wir steigen auf die Düne. Es wird hell. Der Mond ist eine sehr dünne Sichel im blassen Himmel, ein gebogenes Haar.

»Bald stehen Sonne und Mond zusammen da oben«, sagt Marlène. Unter unseren Füßen ist der Sand noch kalt von der Nacht.

»Kommst du mit rein?«

Wir ziehen uns aus und laufen auf das Wasser zu. Ich denke an das Mädchen, Marie S., an Oda, an Dr. Katharina Weiß, die Frau aus der Umfrage. Wenn meine Großmutter tatsächlich damals hier im Ort war, kann es dann nicht sein, dass sie Oda genommen hat? Kann es nicht doch irgendwie sein, dass Oda noch lebt?

Eiskalt wäscht es über meine Füße, zieht den nassen Grund mit sich zurück, und ich spüre, wie ich mit jeder Welle tiefer sinke.

Marlène ist angstfrei. Sie taucht, krault hinaus, dahin, wo das Meer nicht mehr bricht.

Rechts, ein Stück entfernt im Norden, sehe ich die Person wieder. Sie steht am Wassersaum, genau wie ich. Ein Riemen schlängelt sich um ihren Oberkörper, schlägt dann hart in die Gischt hinab. Ich erkenne den Gegenstand nicht im weißen Licht, aber ich bin mir sicher, dass es keine Angel ist, die da bewegt wird. Alle Körperkraft liegt in diesen Hieben, es ist ein vollkommen zweckloses Abarbeiten, gegen das Saugen und Schwemmen des Wassers, gegen alles, was diesen peitschenden Körper umgibt.

Es ist kurz vor halb acht, als wir ins Hotel zurückkommen. Die Hotelbesitzerin ist schon dort, sie nickt uns vom Tresen kurz zu, völlig gleichgültig, wie es scheint, gegenüber unserer neuen romantischen Allianz. Einzelne Gäste sitzen an Tischen und frühstücken, lesen Zeitung.

Auf meinem Handy, das ich im Zimmer gelassen habe, warten drei verpasste Anrufe und eine neue Chatnachricht auf mich. Ich nehme zunächst an, Claudia hätte mehr herausgefunden und versucht, mich zu erreichen, aber ein Anruf ist von meinem Vater und zwei von Ari. In der Nachricht informiert sie mich, dass die Einäscherung der Mutter vorverlegt wurde, dass sie noch am selben Vormittag stattfinden wird.

Hektik erfasst mich, ich googele Mimizan, wir ziehen uns an, und Marlène sagt, dass sie mich fahren kann, no worries, wir schaffen das pünktlich.

Kurze Zeit später sitzen wir in ihrem kleinen zerkratzten VW, und ich navigiere sie zur Adresse des Krematoriums. Die Autobahn zieht sich dreispurig durch dieses trockene Land, entlang einer Linie aus hohen weißen Laternen, die die Fahrbahnen trennt, von Norden nach Süden. Eine Wirbelsäule aus Licht, die parallel zum Saum des Atlantiks in diesem Straßenkörper liegt. Wie schnell die Dinge umbrechen, denke ich. Wie kurz es erst her ist, dass die Mutter das Zentrum all meiner Überlegungen war, ob sie getrunken hat, ob sie es allein zur Toilette schaffen wird, das Googeln dazu, ob ihr Liegen zu Thrombosen führen kann und wie es diese zu erkennen gilt. Das Waschen ihrer Füße, all diese Körperlichkeiten. Und jetzt sitze ich in diesem fremden Auto, und ich rieche noch Marlène an meiner rechten Hand, weil ich nicht im Meer war und nicht geduscht habe, und ich schmecke sie noch, und ich sehe ihre Knie unter dem Lenkrad und das Licht, das darüber gleitet und über ihren Bauch wandert, und ihre Wangenknochen und die Sonnenbrille und das braune lange Haar.

Das ist der Tag, an dem der Körper meiner Mutter komplett verschwinden wird. Noch gibt es ihn. Haare, Haut, Organe, Augen. Ich denke an all die Einzelheiten dieses Körpers, aus dem ich gekommen bin, der mich ernährt hat, den ich ernährt habe. Die Mutter. Die Rillen ihrer Nägel, die Form des Nagelbetts. Der Flaum auf ihren Ohrläppchen und Schläfen. Die Nasenwurzel, die Nasenspitze. Die Zähne, der rechte obere Schneidezahn, der, seit ich denken kann, eine kleine graue Schliere trug, der einmal gebrochen sein musste, aber ich weiß nicht, wann und wie. Ich denke an ihren Geruch, bevor er überdeckt war von der süßen Chemie der Nährlösung. Daran, dass dieser schon seit Tagen von ihrer kalten Haut verflogen sein muss. Und daran, dass er noch in der Wohnung hängen wird, wenn ich irgendwann dorthin zurückkehre. Ich denke an all diese vertrauten Details von ihr, setze die Mutter in mir aus ihnen zusammen, eine ganze Mutter, in diesem Körper, den sie selbst zum Verschwinden gebracht hat.

Marlène legt ihre Hand auf meinen Oberschenkel und wirft mir Blicke zu, und ich denke daran, wie das Leben weiterzieht und immer schon begonnen hat, die Lücken, die es aufreißt, mit Neuem zu füllen. Wie die Wellen bereits Sand in die Löcher spülen, die fremde Familien in den Strand graben.

Ich telefoniere kurz mit Ari, sage ihr, ich bin auf dem Weg. Ich bedanke mich bei ihr, dass sie all das im Blick hat, dass sie mich sofort informiert hat.

»Sag mir, wenn ich noch etwas tun kann.«

Das Krematorium von Mimizan ist ein flacher Bau, der von Blumenbeeten umschlossen ist, hellgelbe harte Blüten, denen die Hitze nichts anhaben kann. Auf einem Rasenstreifen neben dem Parkplatz werden Grabsteine ausgestellt.

Es ist kurz vor halb neun, um neun soll die Einäscherung stattfinden. Wir haben es geschafft.

Marlène fragt mich nicht, was ich brauche, sie hat irgendwann an diesem Morgen begonnen zu entscheiden. Sie ist gefahren, sie hat getankt, sie hat für uns Kaffee und Sandwiches gekauft.

Es ist ein bisschen wie früher, wie dieses Spiel: Ein Kind hat die Augen geschlossen, und das andere führt. Eines passt auf, dass das andere nicht gegen einen Baum läuft. Es ist eine Übung in Vertraue-mir-blind. Dieses warme Gefühl, dieser Nervenkitzel darin, sich auf einen anderen Menschen einzulassen.

Ich weiß noch, wie es war, Oda auf diese Art zu führen. Ich erinnere mich an das Gefühl von Macht und an ihr Zutrauen. An die Versuchung, plötzlich doch ihren kleinen Körper gegen einen Mast stoßen zu lassen, ihre kleinen nackten Füße durch etwas Ekliges zu lotsen oder durch etwas, das schmerzen könnte. Ein bisschen. Trockenen Hundedreck, eine kleine Distel. Ich tat es nie, aber dann nahm ich sie mit in den Wald.

Marlènes Gesicht ist weich neben mir. Ich kenne sie kaum, aber sie ist da, sie begleitet mich durch diese seltsame Zeit.

Das Krematorium ist stark heruntergekühlt. Eine feuchte Kälte ist das, fast, als würde auf allem eine dünne Reifschicht liegen. Es ist komplett still. Auf einem Tresen steht eine Glasvase mit weißen Lilien, die so hart und steif aussehen, als wären sie aus Plastik. Ich warte im Eingangsbereich auf einem Ledersessel, bis ein Mann zu mir tritt, der mir auf Französisch sein Beileid ausspricht. Er ist jung, er trägt Anzug und Bart und benutzt Aris Nachnamen für mich, was ich nicht korrigiere. Er zeigt mir eine vierstellige Nummer auf einem Formular, das ich unterschreiben muss. Dann blickt er auf die Uhr. Es ist zehn vor neun. Durch die abgetönten Scheiben sehe ich Marlènes Auto auf dem Parkplatz stehen, eine Reihe von Palmenstämmen dahinter, vor dem Strand, dazwischen blühender Oleander. Alle Farben sind durch das bräunliche Glas in eine Siebzigerjahre-Ästhetik verschoben, haben etwas Weiches, von Kindheitserinnerungen, die nicht meine sind.

Ich folge dem Mann durch eine Flügeltür in ein Zimmer, das mich an die Seminarräume in der Uni erinnert. Auf hellrotem Linoleum sind drei Reihen gepolsterter Stühle auf ein bodentiefes Fenster ausgerichtet. Ein Holzkreuz hängt darüber, zwei weiß blühende Topfpflanzen säumen die Scheibe, daneben steht je ein Kerzenständer mit einer dicken weißen Kerze. Der Mann zieht ein Feuerzeug aus der Jacketttasche und entzündet die beiden Dochte. Dann aktiviert er mit einer kleinen Fernbedienung eine Musikanlage, und Beethovens Mondscheinsonate setzt ein. Ich frage mich, ob Ari dieses Stück ausgewählt hat oder ob es nur diese eine Option gibt, ob jede Einäscherung in Mimizan von der Mondscheinsonate begleitet wird.

Ich muss an Hinrichtungen denken, daran, wie Menschen sich versammeln, um durch ein Fenster zuzusehen, wie einem Körper eine letale Injektion verabreicht wird, aber ich weiß nicht, woher diese Bilder kommen, wo ich Aufnahmen davon gesehen haben könnte.

Der Mann deutet auf die erste Reihe, ich soll einen Platz auswählen. Dann verlässt er den Raum, und ich sitze allein im Kerzenschein, allein mit Beethoven, mit dem Blick in eine Art Halle, die hinter dem Fenster im gräulichen Dunkel liegt. Auch hier ist es kalt, und ich hätte gern meine Jacke, aber die liegt auf dem Beifahrersitz in Marlènes Auto. Ich umfasse meine Arme, ich spüre die kühle Haut, die Haare, die sich aufgerichtet haben. Ein Sarg steht dort, auf dem Boden, auf der anderen Seite des Glases, das muss der Sarg der Mutter sein. In der beigen Wand dahinter sehe ich eine metallumschlossene Öffnung auf Bodenhöhe. Eine Schiene aus Metall führt darauf zu, silberne Streben, vermutlich ein Beförderungsmechanismus.

Um Punkt neun Uhr betritt der Mann die Halle. Er hat eine schwarze Schirmmütze aufgesetzt, die er zuvor nicht trug, und sein Anzug wird dadurch zu einer Uniform. Weißes, steriles Licht ergießt sich über alles. Der Mann nickt durch die Scheibe in meine Richtung, dann tritt er neben den Sarg. Ich erkenne, dass da etwas Rundes, Flaches auf dem Sargdeckel liegt. Er hebt es hoch und dreht es zu mir, sodass ich eine Tonscheibe erkenne, auf der vier Ziffern eingeprägt sind. Er wartet, und ich nicke zögerlich, woraufhin er den Stein zurück auf den Sarg legt. Vermutlich ist das die Nummer, die ich auf dem Formular gegengezeichnet habe, vermutlich geht es darum, dass es auch wirklich meine Mutter ist, deren Verbrennung ich beiwohne, dass ich im Anschluss auch sicher die korrekte Asche ausgehändigt bekomme, aber ich habe mir die Zahlen nicht gemerkt, und der Sarg ist ohnehin verschlossen, und ich muss, ohne sie noch einmal gesehen zu haben, daran glauben, dass die Mutter tatsächlich von Berlin hierhertransportiert wurde und dass sie nun tatsächlich dort vor mir liegt, tatsächlich vor mir verbrannt wird. Ich stelle sie mir vor. Liegend, in ihrem blauen Kleid mit dem kleinen Zweig. Ich versuche sie mir so vorzustellen, wie ich sie schlafend kenne. Die weichen Lippen, die Augenlider mit den blauen Verästelungen unter der dünnen Haut. Ich versuche auszublenden, dass seit ihrem Sterben eine Logistik des Präservierens und Weiterverarbeitens an ihr vollzogen wurde. Das Waschen, das Umziehen, das Einfrieren ihres Körpers.

Der Mann macht zwei Schritte zur Wand hin und betätigt dort einen Knopf. Ich höre das leise Rattern der Maschinerie trotz der Klaviermusik, trotz des Fensters, das uns trennt. Langsam fährt hinter dem Sarg eine Eisenklappe nach oben. Dahinter liegt ein gemauertes Halbrund, an dessen Seiten schon das Feuer lodert. Der Sarg wird etwas angehoben, all das wurde anscheinend automatisch durch den einen Knopfdruck ausgelöst. Dann fährt er langsam nach vorn, in den Schacht hinein, in die Flammen. Der Mann steht mit gesenktem Kopf daneben, während der Sarg mit der Mutter, mit der Erkennungsnummer darauf, einrastet, die Metallschiene sich wieder nach unten absenkt und zurückzieht. Die Klappe schließt sich, bevor der Sarg Feuer fängt.

Ich weiß nicht, was ich erwartet habe, aber das Ganze hat vielleicht drei Minuten gedauert, und alles, was ich jetzt noch sehen kann, ist eine Lagerhalle mit einem verschlossenen Ofenschacht. Ich bleibe sitzen. Ich habe keine Ahnung, wie lange es dauert, bis Sarg und Körper komplett verbrannt sind. Ich frage mich, ob ich warten soll, ob ich noch zusehen werde, wie der Mann die warmen Überreste der Mutter aus dem Ofen herausholt. Nach einem weiteren Nicken in meine Richtung bewegt sich der Mann auf den Ausgang der Halle zu und löscht in dieser wieder das Licht. Auf der Glasscheibe spiegelt sich der Raum im Kerzenlicht, meine Silhouette. Die Mondscheinsonate kommt zu ihren letzten Takten, setzt dann von Neuem an.

Erst als ich aufstehe, bemerke ich, dass da jemand mit mir im Raum ist. Im Dunkel der letzten Reihe sitzt eine schmale weißhaarige Frau. Ich denke noch, dass sie vielleicht eine Mitarbeiterin des Mannes ist, dass sie wartet, bis ich gegangen bin, wie das Personal im Kino, dass sie hinter mir die Kerzen löschen und die Musik abschalten wird, da steht sie auf.

»Hallo, Zoey.«

Zwischen uns die leeren Stuhlreihen, hinter mir die dunkle Halle, der Ofen, die Mutter, die in den Flammen liegt. Auf der schwarzen Lackhandtasche, die die Frau über der Schulter trägt, bricht sich das Kerzenlicht in kleine zuckende Spiegelungen. Ihr Haar ist gut geschnitten. Ich blicke auf ihre Hände, eine hält den Riemen der Tasche umfasst, die andere stützt sich auf eine der gepolsterten Lehnen.

Ich weiß nicht, woran ich sie mit absoluter Gewissheit erkenne, vielleicht sind es die Hände, die Form der kleinen rilligen Halbmonde am oberen Rand ihrer Fingernägel, aber drei Informationen sickern plötzlich ganz klar durch mich und sind unumstößlich korrekt:

1. Die, die vor mir steht, ist Dr. Katharina Weiß aus der Umfrage der Touristeninformation.
2. Die, die vor mir steht, ist die Mutter meiner Mutter.
3. Die, die vor mir steht, ist die alte Frau aus dem Nachbarhotel.

Für einen Moment sind wir beide reglos. Ihr Gesicht ist trocken, ihre Hände sind leer. Sie hält kein feuchtes, zerweintes Taschentuch in ihre Handfläche gepresst, hat keine roten Tränenränder um die Augen. Die Frau sieht vollkommen gefasst aus. Sie holt Luft, macht dabei eine leicht wiegende Bewegung in meine Richtung, aber sie stockt. Ich vermute, dass sie mit mir sprechen will, ein Gespräch beginnen, und in dem Moment, bevor sie etwas Weiteres sagen kann, wende ich mich zur Seite und laufe davon. Ich höre die Flügeltür hinter mir zuschlagen, ich höre meine Sohlen auf dem Steinboden und den Mann, der mir etwas zuruft, aber ich stürme nach draußen, wo es warm ist.

Marlène sitzt im Auto und fragt: »Ist es schon

rum?«, und ich steige ein und sage ihr, dass sie bitte losfahren soll, can we just go? Und als wir rollen, beginne ich zu zittern. Alles an mir bebt und bebt unter Marlènes rechter Hand, und sie sieht erschrocken aus und fährt auf einen der großen Strandparkplätze und hält dort an, und sie umarmt mich, und ich lehne mich an sie und weine mit dem Gesicht an ihrem Hals wie ein Kind.

Ich versuche, Marlène zu erklären, was im Krematorium passiert ist, dass dort eine Frau war, dass ich sicher bin, dass es sich um die Frau aus der Umfrage handelt, dass ich sie in den letzten Tagen mehrfach im Ort gesehen habe. Ich erzähle von der Einäscherung. Von dem Fenster, davon, wie der Sarg der Mutter in den Ofen gefahren wurde, während Beethoven gespielt wurde. Diese Frau, sage ich. Ich glaube, ich bin sicher, dass sie die Mutter meiner Mutter ist.

Marlène schweigt. Sie hält mich, wartet, bis ich mich etwas beruhigt habe.

Mir fällt ein, dass ich die Asche vergessen habe, dass sie noch immer im Krematorium ist, dass die Mutter nun eventuell Dr. Katharina Weiß ausgehändigt wird.

»Wir sind so weit gefahren, und jetzt hab ich sie dadrin vergessen.«

»Das ist kein Problem, Zoey. Das ist alles kein Problem. Wir fahren zurück und holen sie.«

Ich spüre Marlènes Hand auf meinem Rücken.

»Hat diese Frau sonst nichts zu dir gesagt? Nur hallo?«

»Hallo, Zoey.«

Marlène schüttelt den Kopf.

»Völlig verrückt ist das doch.«

Sie lacht plötzlich, und ich denke daran, wie sie mir von der Möwenattacke erzählt hat.

Wir lachen und lachen, darüber, dass ich die Mutter vergessen habe, darüber, dass sie wohl oder übel dort auf mich warten wird, darüber, dass wir uns so beeilt haben und dann alles so schnell ging und dass dann, aus dem Nichts, die Frau aus der Umfrage, vom Balkon des Nachbarhotels, im Krematorium aufgetaucht ist und nichts weiter als »Hallo, Zoey« zu mir zu sagen hatte.

Ich rufe Ari an. Sie hört mir zu und fragt dann: »Baby, was erzählst du mir da?« Und sie meint damit, das sei doch alles zu viel, zu verworren. Und ich bin froh, dass es keine Distanz zwischen uns gibt, trotz unseres Streits am Vortag. Ich weine wieder oder noch immer, und Ari ist ganz weich, sie spricht zu mir, wie sie zu ihrem Kind spricht, wie sie früher zu mir sprach, wenn wir flüsternd irgendwo nebeneinander lagen. Sie erklärt mir, die Kremation dauere drei Stunden, ich könne also um zwölf Uhr die Asche der Mutter abholen. Ich erinnere mich jetzt, sie hat mir das bereits geschrieben, sie hatte mir eine Nachricht geschickt mit all den Details, aber Ari erklärt mir jetzt alles noch mal, als hätte sie es nicht zuvor schon getan.

»Die dürfen die Asche auch nur dir aushändigen. Selbst wenn diese Frau Annas Mutter sein sollte. Es ist schriftlich festgehalten, dass nur du die Urne entgegennehmen kannst.«

Ich atme durch. Ich habe noch Zeit, und die fremde Frau kann mir die Asche nicht wegnehmen.

Ari ist da. Marlène ist da.

Alles beruhigt sich langsam.

»Woher weiß diese Frau denn überhaupt, dass ich hier bin, woher wusste sie von dem neuen Termin heute?«

Ari schweigt. Dann sagt sie, dass sie in der Früh meinen Vater über den veränderten Zeitpunkt informiert hat, als sie mich nicht erreichen konnte. Dass sie losmusste und ihn gebeten hat, er solle weiter versuchen, mich zu erreichen.

Ich fühle mich wie betäubt. Kann es sein, dass der Vater diese Frau informiert hat? Standen er und sie die ganze Zeit über in Kontakt? Dass er mich nach dem Termin für die Einäscherung gefragt hat, das war für sie.

Es fühlt sich an, als wäre ich Truman Burbank. Meine Runden im Pool, und die Frau in der Glasfassade, die Ellbogen aufgestützt, das weiße Hemd, der Hut, der dabei ihr Gesicht beschattet hat, blickt herunter auf mich. Die ganze Zeit über dachte ich, sie ist nichts als eine neugierige Fremde. Die ganze Zeit über wusste sie, wer ich bin.

Ich denke daran, wie Truman am Ende des Films mit dem Creator spricht, denke an diesen blauäugigen Mann mit dem beigen Mützchen und dem Headset. An seine Begeisterung: »Ich beobachte dich schon dein ganzes Leben lang. Ich habe gesehen, wie du geboren wurdest. Ich habe gesehen, wie du deine ersten Schritte gemacht hast. Ich habe deinen ersten Schultag gesehen. Und die Folge, als du deinen ersten Zahn verloren hast.«

Und ich frage mich, was hat der Vater dieser Frau noch mitgeteilt? Wusste sie die ganze Zeit, wo wir lebten, wie wir lebten? War mein Alltag für sie eine Reihe aus Erzählungen, ein Narrativ des Vaters? Mein erster Schultag? Wie ich meinen ersten Zahn verloren habe? Der Zustand der Mutter? Weiß sie, dass ich sie über drei Jahre gepflegt habe, komplett allein?

Ich versuche wieder und wieder, meinen Vater zu erreichen, aber mein Screen bleibt schwarz. Er geht nicht ran, ist an diesem Tag, am Tag der Einäscherung der Mutter, nicht für mich zu erreichen.

Marlène und ich laufen den Strand bei Mimizan entlang, und der Himmel ist auch hier eine blaue Kuppel, die über dem Meer ins Weiß verschwimmt. Alles glitzert, wie immer, wenn die Sonne am

Atlantik scheint, alles ist wie immer in Bewegung. Die Möwen kreisen über dem Wasser oder fliegen gerade Bahnen über die Länge des Strandes, lassen dabei ihre schnellen Schatten über den Sand gleiten.

Wir überlegen, ob sie die Frau ist, die damals auf dem Campingplatz mit der Mutter gestritten hat.

Wir gehen in ein Café, essen Croissants und trinken Milchkaffee, wir warten darauf, dass es zwölf wird, schauen, ob es trotz allem eine neue Prognose von Mme Future gibt, und haben Glück. Sie hält sich knapp an diesem Morgen, und ich meine, dass ich ihr ihre Aufregung ansehen kann. Sie schwenkt die Tasse nur kurz, das ganze Ritual wirkt etwas gehetzt auf mich. Dann lächelt sie in die Kamera.

»Es ist ein guter Tag für Großmütter. Geht eure Omas besuchen, solange ihr sie noch habt. Bringt ihnen Pfirsiche mit.«

Marlène sagt, dass wir auf dem Rückweg Pfirsiche kaufen müssen, dass diese Prognose doch sehr nach einem Auftrag klingt. Wir googeln die Mind-Control-Methode von José Silva. Wir lesen, wie er seine Kinder trainiert hat, lesen über Gehirnfrequenzen und Alphawellen, Erfahrungsberichte, in denen Menschen davon erzählen, wie sie Preisausschreiben gewonnen und Liebe gefunden haben, erfolgreich, gesund geworden sind.

Wir sitzen in der Sonne, und Marlène fragt nach

meiner Masterarbeit. Ich erzähle ihr von Tracey Emin und Munch, von Tracey auf dem Steg.

Marlène ist mit Tracey Emins Arbeit vertraut, sie kennt ihre Bilder, die Lichtinstallationen, die Videos. Sie weiß um ihren Schmerz, um ihre Krankheit, um ihre Geschichte. Und doch sagt sie, Tracey Emin sei für sie immer in erster Linie Tänzerin.

»Ich liebe sie so, so sehr.«

Und wir geben »Tracey Emin dancing« auf YouTube ein und sehen ihr und Daisy Bates in einem Zimmer des Beverly Hills Hotels zu, wie sie zu einem Elektrotrack von Dirty Dot tanzen, zu einem ewigen Loop,

Heart of Pain

            Heart of Pain

                        Heart of Pain,

Tracey in einem grün gemusterten Badeanzug vor einem goldenen Vorhang, Daisy, die dabei ein weißes Tuch um sich schwingt. Beide lachen, beide schütteln die Köpfe, beide rudern mit den Armen durch die Luft, und nichts bringt meine Begeisterung für Tracey Emin besser auf den Punkt. Diese endlose Kraft, die von ihr ausgeht. Sie macht niemals die Augen zu, sie schaut direkt hinein in das Herz ihres Kummers.

»Kennst du das hier schon?«

Marlène klickt auf einen weiteren Clip. Eine Videoarbeit von 1995. Tracey Emin: »Why I never became a dancer«.

Wir hören ihr zu, wie sie von ihrer Jugend spricht, von Sex und Tanz und Margate, der Kleinstadt, in der sie aufgewachsen ist, und wie sie bei einem Tanzwettbewerb gedemütigt wurde und wie sie daraufhin hinunterrannte, zum Meer.

»And I thought: I am leaving this place. I'm getting out of here. I'm better than all of them. I am free.«

Und dann tanzt sie durch einen leeren Raum, mit nichts als einem CD-Spieler auf dem Boden, in schwarzen Boots, einer Jeansshorts und einer roten Bluse. Und sie tanzt und tanzt und ist lange schon dem Orbit dieser Männer, dem Orbit dieses Orts entkommen.

Sie ist besser als alle dort. Sie ist frei.

Und sie lacht und reckt beide Daumen in die Luft, und das Video blendet in einen glasklaren Himmel über und verfolgt darin, schnell, schnell in einer Spur aus Licht, den Flug einer Möwe.

Ich hatte befürchtet, dass die Frau noch immer dort sein würde, als wir um zwölf das Krematorium erreichen, aber der Parkplatz ist leer, und der Mann steht allein in der Eingangshalle hinter dem Tresen mit dem Lilienstrauß.

»Ah, Mesdames.« Er nickt mir und Marlène zu, die mich diesmal hineinbegleitet hat.

Er legt ein Papier vor mich, auf dem ich abzeichne, dass ich die Urne der Mutter entgegengenommen habe, dann geht er in einen Hinterraum und kommt mit einem matten weißen Tongefäß zurück. Ich nehme an, dass Ari dieses Modell ausgesucht hat. Es erinnert mich an das Geschirr zu Hause, an die Tassen und Teller in der Dachwohnung. Es passt zu meiner Mutter.

Der Mann überreicht mir die Urne mit einer kleinen Verbeugung, dann berührt er kurz mit den Fingerspitzen meinen Arm.

»Es tut mir sehr leid, dass die Zeremonie Ihnen zugesetzt hat.«

Im Auto halte ich die Mutter auf dem Schoß. Die Glasur der Urne ist kalt an meinen Beinen, kalt und glatt. Ich streife mit den Fingerkuppen darüber. Das ist alles, was von ihr verblieben ist. Dieses Gefäß und darin ihr Körper in Asche.

Die Sonne steht senkrecht. Ich kurble das Fenster hinunter, dann halte ich sie wieder mit beiden Händen fest.

15

Die Frau sitzt auf der Terrasse des Hotels, als wir zurückkommen. Sie trinkt Kaffee.

»Das ist sie«, sage ich zu Marlène, und wir beobachten meine potenzielle Großmutter für ein paar Minuten durch die Windschutzscheibe. Sie trägt dieselbe Bluse wie am Morgen, helle rote Blumen auf schwarzem Grund. Natürlich ist sie meinetwegen hier, natürlich wartet sie auf meine Ankunft, und dieses Verhalten hat etwas unangenehm Zudringliches, etwas Dreistes. Ich denke, sie hätte mir ebenso über das Hotel eine Nachricht zukommen lassen können, oder sie hätte sich meine Nummer oder E-Mail-Adresse besorgen können, falls sie nicht beides schon lange hat.

Aber es passt zusammen. Die Art, in der sie mich unangekündigt im Krematorium überfallen hat. Ihr ungefragtes Auftauchen dort, zuvor tagelang dieses Herumgeschleiche in meiner Nähe, ohne zu erkennen zu geben, wer sie ist, dass es eine Verbindung zwischen uns gibt, ein Wissen über mich.

Marlène bietet an, hineinzugehen und mit ihrer

Chefin zu sprechen. »Wir können sie wegschicken.« Aber die Neugier in mir ist schon zu groß. Ich will wissen, was sie mir zu sagen hat.

Ich stelle die Mutterurne in den Fußraum. Dann steige ich aus und gehe auf die Fremde zu.

Ich habe mich nie einsamer gefühlt als im Gespräch mit meiner Großmutter.

Wir sitzen zusammen auf der Terrasse des Hotels und blicken auf das Meer. Sie ist eine höfliche, kleine Frau mit einem weichen Klang in den Worten, aus dem ich ihr Leben in Wien heraushören kann, die Kindheit der Mutter. Es liegt etwas Schuldbewusstes in der Art, mit der sie mir begegnet, und meine ganze Wut läuft dadurch komplett ins Leere. Sie entschuldigt sich dafür, mich im Krematorium unvorbereitet konfrontiert zu haben. Sie entschuldigt sich dafür, mich nicht früher angesprochen zu haben. Sie entschuldigt sich dafür, dass ich erst jetzt von ihr höre, dass sie mein ganzes Leben lang im Hintergrund geblieben ist, durch die Pflege der Mutter, durch unsere Isolation, durch alles hindurch.

»Die Anna wollte das so«, sagt sie. Sie macht die Lippen schmal dazu, und es liegt etwas sehr Müdes in diesem Gesicht, etwas Resigniertes.

Sie bestätigt, dass es mein Vater war, der ihr von meiner Reise hierher berichtet hat, von meinen

Plänen bezüglich der Einäscherung, der ihr die Information über den neuen Termin im Krematorium zugespielt hat, und überhaupt, dass sie mit ihm in regelmäßigem Kontakt stand, über all die Jahre.

»Eure Wohnung in der Kurfürstenstraße, das lief ja über den Franz, weil die Anna das von mir nie akzeptiert hätte. Das ist meine Wohnung, auch das Geld, jeden Monat, das kam von mir. Ich will keinen Dank dafür, ich sag dir das nur, weil es vielleicht beruhigend ist, wenn du diese Dinge weißt. Weil, du kannst natürlich da drin wohnen bleiben, ich überschreib dir das, wenn du das willst.«

Es ist sehr viel, was sich da plötzlich zusammensetzt, was sich bestätigt. Es ist die Geschichte einer Entfremdung, die Geschichte verschiedener Entscheidungen. Die Mutter, die mich mit siebzehn bekommen hat, die nach der Geburt geweint und geweint hat, ein ganz anderer Mensch war.

»Das war, als hätte man einen Schleier über die Anna drübergelegt«, sagt die Großmutter, mit dem Blick so, wie ich ihn von der Mutter kenne, in dunkler Erinnerung. »Ich weiß nicht, was ihr da im Krankenhaus genau passiert ist, bei deiner Geburt. Ich war selber Ärztin, mein Mann, dein Großvater, auch. Ich weiß schon, wie es ist im Kreißsaal, da muss es schnell gehen, da hat man keine Zeit. Damals wurde noch der Kristeller-Griff gemacht, das war für viele schlimm, die so gebären mussten.«

Sie zeichnet mir die Mutter, die danach passiv war, still, ein anderer Mensch. Sie spricht von den Hormonen, von einer postnatalen Depression, davon, dass sie das hätte erkennen müssen. »Aber so weit war ich damals nicht.« Sie hebt die Schultern. »Ich war selber im Stress. Wir haben sie arg gedrängt, ich hatte kein Verständnis für sie.«

Sie macht eine Pause.

»Nach der zweiten Geburt ist die Anna vorzeitig raus aus dem Krankenhaus. Sie wollte das Baby stillen, keine Schmerzmittel nehmen, wollte nicht, dass das Kind ihr über Nacht abgenommen wurde, wollte zu dir zurück. Du warst allein bei uns, weißt du das noch, ihr habt bei uns gewohnt, kannst du dich daran erinnern?«

Ich schüttle den Kopf. Sie ist mir fremd, diese Frau, und doch teilen wir eine Geschichte, Wien und die Mutter, die erst neunzehn war, im Krankenhaus.

»Wir waren manchmal hier mit ihr, als sie noch klein war. Plötzlich war sie mit euch beiden weg, wir haben lang gar nicht gewusst, wohin, dein Großvater und ich. Irgendeine Vorstellung hatte sie, wie sie hier mit euch leben wollte, abseits von allem.«

Sie erzählt von der Mutter, die nichts mehr mit der Familie zu tun haben wollte.

»Sie wollte das auf ihre Art machen, allein. Und

ich hab meinen Lebtag lang immer meine eigenen Dämonen gehabt. Die Anna, du, ihr wart mir oft im Weg und dann noch das Baby dazu, das hab ich sie auch merken lassen. Mich wundert es nicht, dass sie weg ist.«

Ich frage nach Oda. Sie braucht, bis sie mir antwortet, und in ihrem Gesicht liegt dabei ein Schmerz, der dem der Mutter gleicht.

»Weißt du nicht mehr, was mit ihr war?«

Ich schüttle den Kopf. Merke jetzt wieder, dass die Wut in mir ansteigt. Es ist diese Lücke, dieses Nichts, dieser blinde Fleck.

Wohin ist Oda verschwunden?

»Sie hätte das gut überleben können«, sagt die Großmutter, und der Blick liegt dabei in dem Abgrund, den ich so gut kenne, in dem schwarzen Graben, neben dem ich aufgewachsen bin. In mir zieht es sich zusammen, die dünne Schnur, die sich um mein Inneres wickelt, die alles in mir eng macht und zerschneidet.

»Ist sie tot?«

Der Blick richtet sich jetzt auf mich, und es liegt etwas bodenlos Erschrockenes darin. Die Großmutter dachte, dass ich es schon lange weiß. Langsam nickt sie, und ich habe das Gefühl, dass der Schmerz in ihrem Gesicht nun mir allein gilt. Nicht mehr Oda oder der Mutter oder sich selbst. Keinem allgemeinen Verlust, sondern mir und dem Tod meiner Schwester.

»Sie war doch so krank, du warst doch dabei.«

Sie sagt es langsam, aber es bohrt sich schnell in mich hinein.

Oda und ich im Wald. Oda, in dem blauen Kleid, ihr kleiner zitternder Körper in meinem Arm unter der Decke. Oda und ich allein im Bauwagen.

Ich spüre die weiche, kühle Hand der Großmutter auf meiner. Spüre, wie sie meine Finger presst, sehe die blauen, festen Adern unter ihrer dünnen Haut, die Nägel, die mir so vertraut sind, die exakt aussehen wie die Nägel der Mutter.

»Ich hab gedacht, dass du das alles weißt«, sagt sie.

»Ich hab gedacht, dass du das alles weißt.«

Akute Nierenschädigung, das war Odas Diagnose, das war Odas Todesursache.

Sie war fünf Jahre alt.

Die Großmutter beschreibt mir ihre Erinnerungen:

Ihre Versuche, mit der Mutter zu sprechen, nachdem sie sie hier aufgespürt hatten. Ihr Erkennen, dass mit Oda etwas nicht stimmte. Das komplette Verwehren der Mutter, die glaubte, das Krankenhaus hätte Oda krank gemacht, die nie verwunden hatte, was sie bei den Geburten erlebt hatte.

Schließlich die Mahnwache, die die Großmutter

im Wald organisiert hat, über Wochen, mit engen Bekannten und Verwandten, die aus Wien angereist waren.

Die Mutter, die Oda selbst therapieren wollte, die geglaubt hat, dass der kleine Körper sich selbst heilen wird, dass Ärzte, Ärztinnen, dass Medikamente Odas körpereigene Prozesse nur behindern würden.

Die Mutter, die Angst hatte, wir würden ihr weggenommen, die Angst vor Antibiotikaresistenzen hatte, vor Enterokokken, Pseudomonas aeruginosa und Staphylokokken. Davor, dass andere über sie und uns bestimmten. Die all das fernhalten wollte, von uns. Die glaubte, Abstand von diesem System wäre der Weg, uns sicher aufzuziehen.

Die Großmutter erzählt mir das alles ohne Spott. Sie sagt, das sei eben die Wahrheit der Mutter gewesen, und nach dieser Wahrheit habe sie gehandelt, »nach bestem Gewissen«. Es habe lange Zeit gedauert, bis sie und ihr Mann das akzeptieren konnten.

Die Großmutter, der Großvater und eine Gruppe aus verwandten und befreundeten Menschen, das waren die Menschen im Wald. Eine Kette aus Licht. Sie wollten erreichen, dass Oda eine andere Art der Hilfe bekam.

Die Großmutter, die schließlich gedroht hat, der Mutter die Kinder, uns, wegzunehmen, die gesagt hat, sie schalte das Jugendamt ein, und die Mutter, die sowieso schon in allem Gefahr gesehen hat, einen Übergriff von Gefahren. Die eine genaue Vorstellung hatte, von dem Leben, das sie für das richtige hielt. Die Kurse besucht hat, Seminare, die selbst lernen wollte, ihrem Kind zu helfen.

Oda und ich, allein im Wagen. Ravioli, die Kleider, der Wald. Und die Mutter, die irgendwo war, um etwas zu lernen, das Oda hätte retten sollen.

Die Großmutter hat Oda aus dem Wagen geholt, gegen den Willen der Mutter. Sie hat Oda ins Krankenhaus gebracht, und zwei Tage später war sie tot.

»Das war der finale Bruch. Das hätte ich nicht machen dürfen. Das hat sie mir nie vergeben.«

Die Augen der Großmutter verschwimmen bei diesen Erinnerungen, und ich sehe die Mutter vor mir, dieselben harten Lippen, dasselbe Leid.

Die Mutter, die sich geweigert hat, mit mir in das Krankenhaus zu fahren, um Oda zu besuchen, die wenigstens mich vor diesen Dingen schützen wollte.

Die Worte der Großmutter, sie fallen in mir wie die Steine in Tetris. Sie fallen und bilden eine glatte, lückenlose Ebene, fügen sich perfekt aneinander.

An das, was mir in der Polizeistation gesagt wurde, an das, was Claudia herausgefunden hat, an mein Wissen über die Mutter. Es fügt sich an die Ränder des Davor und Danach, schließt die Lücke in mir mit Beton. Ich erinnere mich noch immer nicht. Die Tage zwischen der Nacht im Wald und unserem Umzug nach Berlin sind noch immer blind für mich, aber die Erzählung der Großmutter baut eine Verbindung, die trägt. Eine Brücke aus grauen Kästchen, und ich weiß tief in mir, dass genau das die Geschehnisse sind, die sich damals zugetragen haben. Alles daran ergibt Sinn.

Die Mutter, die Dinge erlebt haben muss, die unerträglich für sie waren.

Oda, kleine blasse Oda im Krankenhausbett, und in meiner Vorstellung trägt sie noch immer den blauen Puder auf den Augenlidern und die pinkfarbenen Rougestreifen über den Wangen, in einem Raum, der sonst weiß ist.

Die Mutter, siebzehn, Oda, fünf. Weiße Wände, weiße Laken und die Mädchenkörper, die da schon kleine, kleine Geister waren.

Oda, die man hätte retten können, die Mutter, die nicht hätte sterben müssen, diese tragische Kette aus Angst und Hoffnung, und jetzt sind sie beide tot.

Die Großmutter schweigt. Ihr Blick liegt auf dem Wasser, und ich sage ihr, dass ich mich ausruhen muss, dass wir später weitersprechen müssen.

Sie nickt. Als wir schon stehen, sagt sie, dass es ein Grab gibt. »Ich hab sie zu uns nach Wien geholt, damals.«

Weil sie ratlos aussieht, umarme ich sie. Ich spüre ihre kleinen knochigen Schultern in meinen Händen unter dem Polyester ihrer Bluse.

»Mein Mann liegt da auch, inzwischen. Das wäre auch eine Option für die Anna. Da ist noch Platz. Also, wenn du dir das vorstellen kannst. Ich wollt es nur sagen.«

Ich nicke, bedanke mich. Dann gehe ich ins Hotel und fahre mit dem Aufzug nach oben in mein Zimmer. Alles, was mich umgibt, ist unscharf. Die Terrasse, der Speisesaal, die Rezeption, der Fahrstuhl, der Flur.

Es gibt ein Grab. Oda hat ein Grab in Wien. Ich war ihr so nah. Hat die Mutter davon gewusst? Als ich dort war, als wir telefoniert haben, ich auf dem Burgring und sie auf dem Sofa, hat sie da gewusst, dass ich es so nah gehabt hätte, zu Odas Grab?

Der Vater. Er wusste sicher davon. Er wusste alles, die ganze Zeit über, und ich verstehe nicht, welche Beweggründe er hatte, welche Absprachen mit der Großmutter oder der Mutter, mir nie von ihr, nie von Odas Tod zu erzählen. Ich denke an die Wiener Gassen im 19. Bezirk, an die Villen dort, den Wohlstand. Vielleicht hat die Großmutter ihn dafür bezahlt, denke ich. Vielleicht glaubte er, die Mutter damit zu schützen, zu stabilisieren. Vielleicht dachte er, es ist besser so, für mich.

Das Durchqueren des Flurs, das Öffnen meiner Zimmertür mit der Karte. All das sind Automatismen.

Mein Kopf ist völlig besetzt von dem, was mir erzählt wurde, von der Geschichte, die meine ist, die der Mutter, die Odas, die der Großmutter.

In meinem Zimmer steht die Urne der Mutter auf dem Tischchen neben dem Bett. Marlène muss sie hierhergebracht haben. Eine kleine gelbe Heckenrose, die sie bestimmt vor dem Hotel abgerissen hat, liegt darauf und ein Blatt aus dem Notizblock daneben. »Zoey, ruf mich an, wenn du etwas brauchst.«

Durch die Gardinen dringt die späte Nachmittagssonne. Sie taucht meine nackten Füße in blaues Licht, meine Beine, meine Hände.

Ich öffne die Urne, was leicht geht, und darin ist eine graue eiförmige Plastikdose, so groß wie ein 0,75-Liter-Tetra-Pak. Ich könnte sie in Wien begraben lassen. Könnte die Mutter Oda zurückgeben.

Die Dose liegt glatt und rund in meinen Händen, und ich schiebe den Fingernagel vorsichtig in den Spalt am oberen Rand, drücke sanft gegen die Wand, die nachgibt, bis sich der Deckel mit einer Drehung ganz leicht abheben lässt.

Darin sehe ich, was vom Körper der Mutter übrig ist. Hellgrau und gelblich ist ihre Asche, gröber, als ich gedacht hätte. Ich denke an Aris E-Mail. Die Reste sind vor allem Knochenkalk. Ich rieche daran, ich schiebe den Finger in die Flocken. Ein bisschen scheint es mir, als wären sie noch warm.

Ich verschließe die Dose, dann nehme ich sie mit mir nach unten. Ich verlasse das Hotel, ohne mich umzublicken. Ich trage die Mutter über die Düne, über den warmen Sand.

Das Meer liegt endlos vor uns, es glänzt silbern, ein endloser silberner Spiegel. Es gibt keine Wellen, keine Surfer, nur das Wasser und die Vögel und mich.

Später weiß ich nicht mehr, was in diesem Moment meine genauen Gedanken waren. Immer dachte ich, ich würde die Mutter verstreuen, immer dachte ich, ihre Asche würde mit dem Wind in den Himmel steigen. Aber da, auf der Düne, da entsteht plötzlich eine andere Idee. Ich steige durch den tiefen, weichen Sand hinab. Ich halte die Mutter fest in den Händen, und ich laufe mit ihr in den Atlantik. Das Wasser ist kalt, es schlägt wie das Pendel einer Uhr an den Strand. Ich halte nicht an. Ich gehe, wie ich bin, in den Shorts, in meinem T-Shirt, tiefer und tiefer, über den sandigen Grund. Anfangs halte ich die Mutter noch über meinem Kopf, dann bringt das Meer mich ins Taumeln, und die Dose mit der Asche fährt in meiner Hand unter Wasser. Ich blicke nicht ans Land zurück, ich blicke nur zur Sonne hin, nur zu diesem weißen Licht, das sich um uns ausbreitet, das meinen Körper anhebt und absenkt und ihn bewegt, ohne dass ich etwas tun muss. Ich lege mich in dieses Licht, ganz flach. Das Haar, die Ohren unter Wasser, alles rauscht, und alles ist hell. Über mir kreisen die Möwen, aber ich höre sie nicht, und ich habe keine Angst. Ich halte die Mutter neben mir, und ich denke, dass es so den Sirenen ergangen sein muss, dass ihre Körper so hinausgezogen wurden, dass sie so irgendwo zu Inseln wurden, für immer umgeben von diesem sanften Wogen aus Wasser und Licht.

Die Mutter und ich werden vom Atlantik nach draußen gezogen, genau, wie sie es prophezeit hat.

Mein Körper muss diesen Erlebnissen damals beigewohnt haben. Irgendwo in mir müssen diese ganzen Erinnerungen liegen, irgendwo bilden sie den Grund dieses schwarzen Grabens.

Oda, die krank war. Oda, die von der Großmutter geholt wurde.

Oda, deren Name in Wien auf einem Stein steht. Vielleicht gibt es dort Blumen, Kerzen, Kuscheltiere. Die Figur eines kleinen Engels.

Die Mutter, die mit mir im Wagen lag. Die mit uns diesen Ort ausgesucht hatte, um von Eltern wegzukommen, die sie nicht verstanden, die ihre Wahrheit nicht teilten. Die von ihrer eigenen Mutter verraten wurde, die irgendwann erfahren haben muss, dass ihr zweites Kind gestorben war.

Das ist, was sie mit sich schleppte, ab da. Was ich ihr half zu tragen, ohne davon zu wissen.

Während ich treibe, sehe ich es ganz klar. Was unser Leben hätte sein können, hätte die Mutter nicht erlebt, was sie erlebt hat. Hätte sie an eine andere Wahrheit geglaubt. Oda und ich, wir wären Schwestern gewesen, wir wären Schwestern geblieben. Wir hätten zusammen ferngesehen, die Nachmittage nach der Schule zusammen auf dem Teppich verbracht. VIVA, MTV, RTL 2.

Während ich treibe, in dieser endlosen, nassen Stille, in diesem Licht unter den Möwen, da fühlt es sich fast an, als lägen wir dort zu dritt. Als wäre Oda da, als wäre die Mutter da. Als wären es drei Körper, die von den Wellen bewegt werden, als wäre meine Erschöpfung unsere Erschöpfung, meine Wärme unsere Wärme.

Immer wieder kommen mir Möwenkörper ganz nah, immer wieder durchzuckt es mich. Die weißen, steifen Flügel, die erhobenen Krallen, die

Schnäbel. Kampflustig. Genau wie Marlène sie mir beschrieben hatte. Aber die Möwen interessieren sich nicht für mich. Sie tauchen kurz ein, durchbrechen für Augenblicke die Wasseroberfläche und steigen dann wieder in die Luft. Sie fressen nur, auf diese Art.

Ich denke an José Silva und an das, was Marlène mir vorgelesen hat. Dass er elektrische Entladungen im Gehirn mit dem Denken in Bezug gesetzt hat, dass er seine Kinder trainiert hat, dass er zu entspannter Konzentration, zu aktiver Visualisierung und zu übersinnlicher Projektion geforscht hat und dass es Menschen gibt, die glauben, sie könnten durch Silvas Methode lernen, die Realität ihren Gedanken zu fügen.

Ich mache mich ganz weich.

Inmitten der Wellen, der Vögel, des Lichts denke ich mir unsere drei Körper in Badeanzügen. Drei lachende Gesichter, dreimal Haar, das sich im Wasser um dieses Lachen auffächert, wie das von Arielle.

Ich denke an Tracey Emin, tanzend.
    An Ari.
    An Marlène.
    Ich denke an Mme Future, der ich am Nachmittag die ganze Geschichte erzählen werde. Und an

Kitty, die in Berlin ihren Schulabschluss machen könnte.

Ich will das Plastik öffnen, ich will die Asche der Mutter um mich zu Schaum werden lassen, zu Wasser, zu Licht, ich will mit ihr dort liegen, ich will, dass das ihr Ende ist. Aber sie entgleitet mir. Sie rutscht mir durch die kalten Hände und geht unter, und ich taste noch hektisch, aber sie sinkt so schnell, dass ich sie nicht mehr zu fassen bekomme. Die Dose muss da bereits vollgelaufen sein, die Asche der Mutter darin schon schwerer salziger Schlamm.

Die Mutter sinkt auf den Grund des Atlantiks. Das Bild der Freiheit, das ich für sie im Sinn hatte, es versinkt, umschlossen von grauem Plastik, zum Meeresgrund.

Irgendwann, kurz darauf, muss der Rettungsschwimmer mich gefunden haben. Er zieht mich auf sein Brett, er fragt wieder und wieder, are you okay? Are you okay? Und ich lasse mich von ihm an die Luft hieven, und ich sehe seine Arme und sein ernstes Gesicht in einem Kranz aus leuchtenden Surferlocken vor dem klaren rosafarbenen Himmel, als er mich zurück an Land paddelt.

Es hat sich nicht angefühlt, als müsste ich gerettet werden, aber er ist trotzdem da, dadbod Jesus watching over me, und erst als wir am Strand ankommen, erst als er mich stützt, weil meine Beine mich an Land nicht tragen, erst als ich sehe, dass sich dort Menschen versammelt haben, dass diese ganze Aufregung mir gilt, erst da verstehe ich, dass sie mich für lebensmüde gehalten haben müssen, in meinem tatenlosen Treiben, hinaus, hinaus, auf die Sonne zu.

Quellen

Die Zeilen aus dem Gedicht »Edward Scissorhands« von Sophie Robinson stammen aus ihrem Band *Rabbit*, Norwich 2018.

Das Motiv von Tracey Emin auf dem Steg vor Åsgård-strand stammt aus ihrer Videoarbeit *Homage to Edvard Munch and All My Dead Children* von 1998.

Die Performance, an der Ari arbeitet, wurde inspiriert von dem Stück *Untitled Duet (the storm called progress)* von Tosh Basco, Berlin 2020–2022.

Das Bild der Person mit Peitsche wurde inspiriert von Anne Imhofs Videoarbeit *Untitled (Wave)* von 2021.

Das Zitat aus Dantes *Die Göttliche Komödie* folgt der Über-setzung von Karl Witte, Berlin 1916.

Der Film *Die Truman Show* wird in der Synchronisation von der Berliner Synchron AG zitiert. *Die Truman Show*, Regie: Peter Weir, Paramount Pictures, 1998.

Der Song »Heart of Pain« ist zu finden auf dem gleich-namigen Album von Dirty Dot, 2010.

Das Video »Tracey Emin, Daisy Bates dancing in Beverley Hills Hotel« ist unter folgendem Link abrufbar: https://www.youtube.com/watch?v=I2aSJ65ejf8.

Das Video »Why I never became a dancer« von Tracey Emin, 1995, ist hier zu finden: https://www.youtube.com/watch?v=MhCa_71LWhg.